I0734589

B
A
AUGUST
BOOKS

»Voller Nervenkitzel und Spannung, aber auch klug und menschlich. Kim Otto ist eine großartige Figur. Ich liebe sie.«

Das Buch

Ein neues Buch aus der Reihe »Jagd auf Jack Reacher«!

Die FBI Special Agents Kim Otto und Carlos Gaspar haben bei ihrem Reacher-Auftrag endlich einmal Glück. Ihren Quellen zufolge ist Reacher gestern in New Hope, Virginia aufgetaucht. Frustriert und immer skeptischer, was den Auftrag angeht, fahren Otto und Gaspar nach Virginia, um der Spur zu folgen.

Doch dort wird alles nur noch schlimmer. Otto und Gaspar kommen zu einem Auffahrunfall hinzu, der – wie sich herausstellt – Teil eines größeren Ganzen ist, eines Verbrechens, das einen Angriff auf die Nation darstellt. Auch Reacher war dort, aber wie und warum wurde er in diese Sache verwickelt? Hat er ehrenvolle Absichten oder stecken viel finstere Beweggründe hinter seinen Taten?

Der Fall wird für Otto und Gaspar immer undurchschaubarer. Die üblichen Ermittlungsmethoden führen zu rein gar nichts und die hohen Tiere im FBI-Hauptquartier lassen sich nicht in die Karten schauen, sodass die Agenten sich allmählich wie Marionetten fühlen, die ihren Puppenspieler nicht kennen. Zumal Marionetten entbehrlich sind ...

Die Autorin

Diane Capri schreibt Krimis aus dem gleichen Grund, aus dem sie sie auch liest: Sie möchte herausfinden, was passiert, warum die Menschen tun, was sie tun, und wie man Gerechtigkeit in einer ungerechten Welt durchsetzen kann. Mit dem Schreiben begann sie nach einer erfolgreichen Karriere als Anwältin. Mit ihrer ersten Krimireihe »Hunt for Justice« hat sie es auf mehrere Bestseller-Listen geschafft. In einem Gespräch mit ihrem Autorenkollegen und Freund Lee Child entstand die Idee für ihre neue Reihe »Jagd auf Jack Reacher«. Mittlerweile erscheinen ihre Bücher in zwanzig Ländern.

Sie zieht jeden Sommer von Florida nach Michigan und liebt ihr Nomadendasein als Zugvogel. Diane freut sich über Zuschriften von ihren Lesern. Besuchen Sie sie auf dianecapri.com, um weitere Informationen zu erhalten, ihr Blog zu lesen oder einfach mit ihr in Kontakt zu treten.

Diane Capri

JACK AUF DER SPUR

Aus der Reihe

JAGD AUF JACK REACHER

Übersetzt von Antje Kaiser

Mit einem Reacher-Report von Lee Child

In der Reihe »JAGD AUF JACK REACHER« sind bei AugustBooks bisher
auf Deutsch erschienen:

Verabredung mit Jack

Jack auf der Spur

Jack in Grün

Band 5 *Get back Jack* (Originaltitel) erscheint 2015
Band 1 *Wer ist Jack?* ist 2014 bei AmazonCrossing erschienen

Deutsche Erstveröffentlichung
2014 bei AugustBooks, Tampa, Florida, USA
© 2014 der deutschsprachigen Ausgabe: Diane Capri, LLC
Titel der Originalausgabe: »Jack and Kill«, AugustBooks, Tampa
© 2012 Diane Capri, LLC
Umschlaggestaltung: Cory Clubb
Lektorat und Satz: Judith Zimmer, Hamburg

ISBN: 978-1-940768-24-3

augustbooks.com

Für Evelyn

Und immer auch für Lee Child
in nicht nachlassender Dankbarkeit

VORWORT

Mitunter fragen mich Leser, woher ich meine Ideen habe. Dann antworte ich meistens scherzhaft: »Ich bestelle sie bei Ideen. com.« Doch in Wahrheit weiß ich das gar nicht immer so genau. Die Ideen blitzen irgendwann auf, entfachen mein Interesse und explodieren manchmal in einen Roman oder in eine Romanreihe. Aber im Fall von *Wer ist Jack?* erinnere ich mich genau an den Moment.

Vor ein paar Jahren plauderte ich auf einer Veranstaltung mit Lee Child über seine Kult-Figur.

»Wo versteckt Reacher sich?«, wollte ich wissen.

»Reacher versteckt sich nicht«, sagte Lee – etwas pikiert vielleicht?

Lee ist viel größer als ich. Und er schreibt über Gewalt wie ein Mann mit Erfahrung. Ich habe ihn immer für einen sanftmütigen Riesen gehalten, aber ... Die Sache musste etwas vorsichtiger angegangen werden.

»Ja, aber wo lebt Reacher?«

»Wo es ihm gerade gefällt«, sagte der große Mann. Irgendwie kam da ein gewisser herausfordernder Tonfall durch.

Ich trat einen Schritt zurück, außer Reichweite, bevor ich nachhakte. »Er wartet, bis der Ärger ihn findet, und dann pflastert er seinen Weg mit den Schurken. Wunderbar. Aber was macht er zwischen den Büchern?«

Lee zuckte mit den Schultern und sagte nichts.

In meiner Sturheit versuchte ich es weiter.

»Reacher hat im Laufe der Zeit eine Menge Leute umgebracht. Sechzehn Bücher. Viele Leichen. Irgendjemand sinnt doch sicher auf Rache, glaubst du nicht?«

Lee warf mir diesen typischen Reacher-Blick zu. »Welcher halbwegs vernünftige Mensch würde nach Reacher suchen? Du etwa?«

Stimmt. Nur ein todessüchtiger Idiot – oder eine FBI-Agentin, die keine Ahnung von Reachers ... sagen wir, Talenten hat, würde sich auf eine so törichte Suche begeben. Und wenn sie eine Ahnung hätte, würde sie es nicht tun, wenn sie die Wahl hätte.

Aber sich intellektuell mit Jack Reacher zu messen, das wäre doch interessant, dachte ich, auch wenn es sehr wohl tödlich enden könnte. Aber wie sagt man doch? Je höher der Baum, desto schwerer sein Fall. Wer immer Reacher zu Fall bringen würde, könnte in einigen Kreisen zu einer Legende werden.

Und wenn nun eine entschlossene, ehrgeizige Frau ...

KAPITEL 1

Ottos Stimmung passte zu der tristen Novemberlandschaft. Sie waren nun schon gute dreißig Kilometer unter einem erstickend grauen Himmel dahingefahren und hatten somit jede Menge Gelegenheit zum Grübeln. Eine dünne Schneedecke lag wie ein dreckiges Laken auf den bloßen Feldern. Die Bäume mochten vor Halloween in einen Tumult an Farben gekleidet gewesen sein, aber jetzt hingen nur noch ein paar tote Blätter an dürren Ästen herab. Sogar das Fahrzeug, mit dem sie unterwegs waren, war sowohl von innen als auch von außen öde.

Sie fühlte sich wie in einem Schwarzweißfilm gefangen. Trotzdem freute sie sich über das trübe Wetter, denn während die tiefe, dichte Wolkendecke die Überwachungsdrohnen störte, genoss sie einen Hauch von Freiheit.

Nicht die atmosphärische Düsternis also, sondern der Mann, dem sie auf der Spur war, war für den Nebel, der in ihrem Hirn waberte, verantwortlich. Er spielte mit ihr. Das war in Ordnung. Aber er gewann das Spiel. Und das war nicht in Ordnung.

»Erzähl mir noch einmal, warum du glaubst, dass wir Reacher in New Hope finden werden«, sagte sie.

FBI Special Agent Kim Louisa Otto hatte nichts dagegen, zur rechten Zeit und am rechten Ort in einen intellektuellen Wettstreit mit Jack-Niemand-Reacher zu treten. Sie hoffte sogar, dass ihr Auftrag sich in diese Richtung entwickeln würde.

In der Zwischenzeit bildete sich vor ihrem geistigen Auge langsam ein besseres Profil von Reacher, fast so wie eine altmodische Fotografie, die sich offenbarte, wenn man ein leeres Blatt in die richtigen Flüssigkeiten tauchte. Strategiespiele beherrschte sie besser als er, das bestätigte Reachers Militärakte. Aber Vorbereitung war entscheidend. Sie musste genügend Informationen zusammentragen, um einen anständigen Plan auszuarbeiten und umzusetzen, bevor ihr Wettkampf begann. Mit anderen Worten: Sie brauchte mehr Zeit.

Und das hieß, dass heute mit Sicherheit nicht der richtige Zeitpunkt war. Ebenso wenig war New Hope, Virginia der richtige Ort. Und aus diesem Grund – trotz des perfekten Wetters für eine Begegnung, die einer intelligenten Überwachung entgehen konnte – war sie im Moment nicht ganz so glücklich. Sie ging auch nicht davon aus, im Laufe des Tages glücklicher zu werden. Sie ging eher vom Gegenteil aus.

Gaspar streckte sich hinter dem Lenkrad des geräumigen Wagens, den er am Mietwagenschalter in Washington, D. C. ausgesucht hatte. Das rechte Bein hatte er ganz durchgestreckt, um den Schmerz zu lindern, der ihn oft plagte. Otto zählte nicht mehr, wie viele Schmerztabletten er schon geschluckt hatte, auch wenn sie sich Sorgen um seine Leber machte. Eine der vielen stillschweigenden Vereinbarungen, die sie im Laufe ihrer kurzen, aber intensiven Zusammenarbeit getroffen hatten. Als ob nicht zu fragen gleichbedeutend wäre mit nicht zu wissen und nicht zu wissen mit nicht existent.

Er schaute zu ihr hinüber und runzelte die Stirn, aber sein Tonfall war ruhig, wenn vielleicht auch etwas genervt. »Ich habe nicht gesagt, dass wir ihn *finden* würden, Sunshine. Wir erstellen ein Dossier, wir sind nicht auf Verbrecherjagd. Ich habe gesagt, er *war gestern da*. Das ist ein großer Unterschied.«

Doch sie sah Gaspar an, dass er Reacher heute finden wollte. »Möchte ich wissen, wie du an diese Information gelangt bist?«

Seine Antwort bestand aus einem kurzen Blick, bevor er seine Aufmerksamkeit wieder auf den Verkehr lenkte. Was wahrscheinlich bedeutete, dass er die Vorschriften ignoriert hatte. Wieder einmal. Bei einem anderen Fall mit anderen Regeln hätte er vielleicht mehr erzählt, oder sie hätte gefragt. Doch so wie die Dinge standen, waren sie sich darin einig, dass glaubhafte Abstreitbarkeit sie schützen könnte, sollte einer von ihnen irgendwann zu einer Aussage gezwungen sein. Und das war –

auch darin waren sie sich einig – mehr als wahrscheinlich die Richtung, in die dieses ganze Reacher-Chaos lief.

»Wie weit noch?«, fragte sie stattdessen.

Er schaute auf den Kilometerzähler. »Vielleicht noch fünfundzwanzig Kilometer. Ungefähr.«

Der Mietwagen hatte ein Navi-System und sie hatten ihre eigene Ausrüstung. Sie konnte die genaue Entfernung leicht herausfinden. Aber ein eingeschaltetes Navi-Gerät machte es Überwachungsdrohnen, deren Flugbahnen das Land wie mit einem Gitternetz überzogen, zu einfach, sie aufzuspüren, und sie hatte es satt, beobachtet zu werden. Stattdessen erledigten sie einen Großteil auf die altmodische Art, unternahmen alles, um dünne Halme in dem sehr großen Heuhaufen der Überwachungsdaten zu bleiben. Der Boss und zu viele andere Leute hatten uneingeschränkten Einblick in das, was sie taten.

Vielleicht erledigte Reacher auch alles auf die altmodische Art. Vielleicht blieb er auf diese Weise so ungreifbar. Wenn jemand Reacher sah, dann anscheinend nicht weil er ihn gefunden hatte, sondern weil Reacher ihn gefunden hatte. Otto war mittlerweile neidisch auf Reachers Fähigkeit, seine Privatsphäre zu schützen. Er war äußerst versiert, wenn es um Geheimnisse ging. Ottos Erfahrung sagte ihr, dass Typen, die so gut im Umgang mit Geheimnissen waren, viel zu viel zu verbergen hatten.

Diese Landstraße führte sie direkt in die Stadt, und wie genau sie die Strecke auch studierte, die Fahrt würde dadurch nicht weniger trist werden.

Kim sprach ihre Gedanken aus. »Warum sollte Reacher überhaupt nach New Hope kommen? Außer leeren Feldern haben wir nichts gesehen und dies ist die Hauptstraße von der Interstate in die Stadt. Nicht mal eine Scheune in den letzten zwanzig Kilometern. Kein Diner mit einer guten Tasse heißen Kaffee weit und breit. Was zum Teufel sollte er hier wollen?«

Gaspar zuckte mit den Schultern. »Der Kerl ist ein Irrer. Nichts, was er bisher getan hat, ergibt irgendeinen Sinn. Warum sollte das heute anders sein?«

Kim schüttelte langsam den Kopf, so als wolle sie die Spinnweben daraus entfernen und Platz für bessere Antworten schaffen, doch es tat sich keine auf. »Wie sieht dein Plan aus, falls wir ihn finden?«

Gaspar grinste, reckte sich, lockerte Schulter- und Halsmuskeln. »Du machst dir zu viele Sorgen. Es gibt keine Auszeichnung für herausragende Leistungen im Sorgenmachen, weißt du?«

Sie hätte ihm einen Schlag gegen die Schulter verpasst, aber ihre Arme waren zu kurz, um ihn über die breite Sitzbank im Crown Vic hinweg zu boxen, während sie von dem Gurt zurückgehalten wurde. »Nur weil ich diejenige bin, die sich darüber Sorgen macht, heißt das noch nicht, dass es nicht besorgniserregend ist, Chico.«

Das Vibrieren seines privaten Handys schien ihn kurz zu irritieren. Gaspar tastete seine Taschen ab, hob eine Augenbraue an, um seinen Worten Bedeutung zu verleihen, und fragte scherzend: »Glaubst du wirklich, wir brauchen *heute* einen Plan, Susie Wong?«

Kims Sorge vergrößerte sich um einiges, als er einen Blick auf die Anrufkennung warf, das Gespräch annahm und einfach nur »Hallo« sagte.

Gaspars Frau war sehr schwanger und hatte schon vier Kinder zu bewältigen. Obwohl Gaspar das Handy stets bei sich trug, hatte Maria noch nie angerufen. Die Frauen von Polizeibeamten taten das nur sehr selten, denn ein falscher Anruf zum falschen Zeitpunkt konnte verheerende Folgen haben. Die Frau von einem Cop rief nie einfach mal so mit guten Nachrichten an und kein Cop, der den Anruf entgegennahm, zeigte jemals seine Angst, wenn der Anruf kam.

Kim wandte sich ab, um ihm das an Privatsphäre zu geben, was im Auto überhaupt möglich war. Sein Teil eines Telefongespräches war ohnehin meist einsilbig und so konnte Kim ihn leicht ausblenden, während sie über seinen Standpunkt nachdachte.

Selbst wenn Reacher gestern in New Hope gewesen wäre, sagte die Erfahrung ihr, dass sie heute wieder eine Sackgasse zu erwarten hatte. Vielleicht war ihr etwas Wichtiges entgangen. Aber was? Sie ging die bekannten Fakten in Gedanken schnell noch einmal durch.

Vor zehn Tagen hatten Otto und Gaspar einen Routineauftrag erhalten: Sie sollten ein Dossier über einen ehemaligen Militärpolizisten erstellen und dazu die üblichen Ermittlungsmethoden anwenden. Die Akte sollte verwendet werden, um ihn für ein unbekanntes Geheimprojekt zu durchleuchten. Als Angehörige der Task Force für Spezialisiertes Personal hatten Otto und Gaspar bereits ähnliche Ermittlungen durchgeführt.

Der Job war zunächst unkompliziert erschienen. Irgendwo musste ein stinknormales Chaos ausgebügelt werden.

Reachers Leben war wie das von jedem anderen Amerikaner in den grundlegenden Akten der Behörden festgehalten worden: von der Geburt an bis zum Alter von sechsunddreißig Jahren, als er ehrenhaft aus der Army entlassen worden war. Bis zu diesem Moment vor fünfzehn Jahren, war alles, was sie in Reachers Akte fanden, wie erwartet nachzulesen: Geburtsurkunde, Schulzeugnisse, Gesundheitsberichte, Unterlagen über die Militärzeit, Ausweis, Führerschein, Versicherungen, Bankkonten und alle anderen üblichen Daten waren genau dort, wo sie zu sein hatten.

Das Problem war nur, dass die Unterlagen über Reacher einfach mit seinem sechsunddreißigsten Lebensjahr endeten.

Otto und Gaspar sollten die Lücke schließen und Reachers Akte auf den neuesten Stand bringen. Etwas so Simples wie der Totenschein von Reacher hätte die Angelegenheit geregelt. Das hätte vielleicht ein paar Tage gedauert.

Stattdessen wurde alles sehr schnell unglaublich kompliziert.

Jetzt war nichts mehr an dieser Akte normal. Dass Reachers Daten nicht vorhanden waren, ging weit über das Seltsame hinaus ins Reich des Undenkbaren. Selbst wenn gemeldet wurde, dass Amerikaner von Aliens entführt worden waren, existierte irgendwo irgendein geheimes Regierungsdokument, das die Behauptung widerlegte. Aber *nichts* über Reacher? Kim spürte, dass sie den Kopf schüttelte, fast wie von selbst. Es gab nur eine Möglichkeit, dass so etwas im echten Leben geschehen konnte – ob Kim es glaubte oder nicht. Widerstand war zwecklos.

Erschwerend kam hinzu, dass jede normale Quelle von vornherein als tabu erklärt worden war. Ihnen war der Zugang zu FBI-Ressourcen untersagt, einschließlich der Mitarbeiter, Computer, Ausrüstung und Datenbanken. Sie waren ausdrücklich angewiesen worden, keinerlei normale Kanäle anzuzapfen, da dies die falschen Zuschauer in Alarmbereitschaft versetzt hätte. Der Boss hatte irgendeinen Mist erzählt, um diese Zwangsjacke zu rechtfertigen, aber seine Gründe spielten keine Rolle. Anordnungen waren Anordnungen. Regeln waren Regeln. Der Job war, was er war.

Bis zu dem Zeitpunkt, an dem jemand versucht hatte, Gaspar in subatomare Teilchen zu zersprengen. Seitdem ignorierten sie die Regeln des Bosses und schufen ihre eigenen.

Sie versuchten nun, inoffizielle Kanäle anzuzapfen. Otto und Gaspar stöberten jede Akte auf, die etwas enthalten könnte, irgendwas, das mit Reacher im Zusammenhang stand. Jedes Mal, wenn sie am Ende mit leeren Händen dastanden – und jemanden weiter oben in der Nahrungskette verärgert hatten –, glaubten sie, Fortschritte zu machen. Eine angriffslustige Warnung, die ihnen von Susan Duffy – damals Beamtin der Drogenvollzugsbehörde, neuerdings bei der ATF, der Behörde für Alkohol, Tabak und Schusswaffen, wie sie vor Kurzem mitbekommen hatten – überbracht worden war, bestätigte ihre Schlussfolgerungen.

Was auch immer in Reachers Geschichte so streng geheim gehalten wurde, war schlicht und einfach spannend. Otto und Gaspar waren völlig damit einverstanden, dass »Sicherheitsüberprüfung« nicht bedeutete, »alles zu wissen zu müssen«. Das war nicht das Problem. Sorgen bereitete Kim vor allem, dass es diese Unterlagen überhaupt nicht gab. Nur wenige, sehr hohe Tiere in den Behörden hatten die Möglichkeit, so viele Routineberichte verschwinden zu lassen. Und egal wie unbekümmert Gaspar es leugnete, die klaffende Lücke an der Stelle im Regal, an der diese Berichte stehen müssten, musste auch ihm Sorgen bereiten.

Zwei Dinge waren nun unbestreitbar und vor dem Offensichtlichen die Augen zu verschließen, war nicht nur sinnlos, sondern töricht. Erstens hatte jemand aus den obersten Etagen der Regierung jedes einzelne Beweisstück aus den Akten entfernt, das über Reachers letzte fünfzehn Jahre existiert haben müsste oder könnte. Zweitens wurden Otto und Gaspar benutzt, damit irgendjemand seine eigenen heimlichen Ziele verfolgen konnte.

Egal wie oft man die gesicherten Fakten durcharbeitete oder neu anordnete, diese Schlussfolgerungen blieben bestehen. Was immer sie auch in ihren früheren Analysen übersehen hatte, es blieb verborgen.

Sie wandte ihre Aufmerksamkeit wieder der Situation im grauen Wagen zu. Kurz darauf beendete Gaspar sein Telefongespräch.

»Alles in Ordnung zu Hause?«, fragte Kim.

Er schüttelte den Kopf und gab eine Kurzwahl-Nummer in sein privates Handy ein. Er klemmte das Telefon zwischen Schulter und Kinn, fuhr sich mit den Fingern durch die Haare und stieß einen langen, hörbaren Seufzer aus. »Lass uns jetzt nicht darüber reden, okay? Wir müssen uns auf das konzentrieren, was vor uns liegt.«

Kim hörte das Signal am anderen Ende von Gaspars Leitung. Vier Klingeltöne später antwortete ein Mann.

Gaspar nahm das Telefon in die Hand und drückte es ans Ohr, sodass Kim wieder nur eine Seite des Gespräches hörte. »Alexandre? … Ja, bin noch unterwegs … Hör zu, du müsstest mir einen Gefallen tun … Schau heute Nachmittag mal nach Maria. Vielleicht kann Denise ein paar Stunden bei ihr bleiben und helfen, das zu klären … Ja, sie kann es dir erzählen … Genau. Hat sich gestellt … Mhm, nicht so toll … Danke, Mann. Du hast was gut bei mir … Ruf mich an, wenn du mehr weißt, ja? Danke.«

Gaspar beendete das Gespräch und kniff für einen Moment die Augen zu. Zum ersten Mal seit sie ihn kennengelernt hatte, sah Gaspar alt, müde und vom Schmerz gezeichnet aus. Er fuhr sich wieder durchs Haar, wischte sich mit der Handfläche übers Gesicht und suchte eine bequemere Position. Er atmete tief ein und ein langes, hörbares Ausatmen folgte. Noch eines. Und ein drittes. Als sich sein Atmen normalisierte, sagte er nichts und lenkte den Crown Vic weiter durch die zu frühe winterliche Dunkelheit.

Nach einer Weile fragte Kim: »Musst du zurück nach Miami?«

Er räusperte sich. Kaum hörbar antwortete er: »Lass uns

hier das erledigen, was wir vorhatten, und in der Zeit kümmern sich meine Freunde um Maria. Dann sehen wir, wie die Dinge stehen.«

»Warum kehrst du nicht jetzt um? Ich meine, wie sicher bist du dir überhaupt, dass wir etwas finden, wenn wir dort sind?«

Gaspar seufzte, dehnte sich und versuchte, sowohl mit seiner Position auf dem Sitz als auch seiner familiären Situation – wie auch immer die aussah – zurechtzukommen. Kim hatte das Gefühl, dass seine Anstrengungen ebenfalls sinnlos waren.

Müde zog er den Mundwinkel zu einem halben Lächeln hoch. »Ich befolge nur die erste Ermittlungsregel, Susie Wong.«

Sie mochte seinen schwachen Humor. Vielleicht bedeutete es, dass zu Hause alles wieder in Ordnung käme. Das konnte sie nur hoffen. »Eine neue Spur gefunden?«

Er zog eine Augenbraue hoch. »Ich dachte, du wolltest nicht wissen, warum wir nach New Hope fahren.«

»Will ich auch nicht.« Das Problem war nur, dass sie es schon wusste.

Anfangs hatten sie gedacht, dass die einfachste Erklärung für Reachers fehlende Unterlagen sein nicht dokumentierter Tod wäre. Reacher war ein gefährlicher Mann, der Schwierigkeiten tödlicher Art anzuziehen schien, wo immer er auftauchte. Das wahrscheinlichste Szenario war, dass irgendwo irgendjemand größer, schneller und tödlicher gewesen war als er.

Diese Phantasievorstellung hatte fast acht Tage Bestand, bis Kim akzeptieren musste, dass Reacher alles andere als tot war.

Sie war sich sogar fast sicher, dass sie ihn in den vergangenen zehn Tagen zweimal gesehen hatte.

Ein riesiger Schatten in der Ferne. Der sie beobachtete. Jedenfalls war da eindeutig ein Mann und der entsprach zweifellos Reachers Beschreibung.

Gaspar hatte ihn nicht gesehen, aber er glaubte Kim auch so. Sie waren einer Meinung. Reacher war da. Er lebte und beobachtete. Ganz sicher. Zum gegenwärtigen Zeitpunkt wusste er wahrscheinlich mehr über Otto und Gaspar als sie über ihn.

Ihr Plan war es gewesen, Leute zu finden, die er kannte, bevor er verschwunden war, um sich dann unerbittlich vorzukämpfen und den Rest seiner Geschichte aufzudecken. Vielleicht war der Grund für ihren Umweg über New Hope, dass sie Reacher entdeckt hatten, während er sie beobachtete; Gaspar dachte wahrscheinlich, er könnte bessere Voraussetzungen schaffen, wenn er Informationen neueren Datums ans Tageslicht brachte. Jetzt hatten sie eine Chance, Reacher zu finden, und vielleicht bekämen sie diese Gelegenheit nie wieder, oder zumindest für eine lange Zeit nicht mehr.

Das erklärte auch Gaspars Witz über die erste Ermittlungsregel: Folge dem Geld. Geld ist lebensnotwendig, ebenso wie Luft und Wasser. Reachers Geld war wichtig geworden. Irgendwie hatte Gaspar Reachers Geld nach New Hope verfolgen können. Kim kannte mehrere Methoden, mit denen Gaspar eine Schwäche im Banksystem ausgenutzt haben könnte, und sie konnte sich noch einige weitere beunruhigende Quellen für seine Informationen vorstellen. Irgendwann würde sie ihn vielleicht fragen. Aber das musste jetzt nicht sein.

Jetzt kamen sie dem letzten bekannten Aufenthaltsort von Reacher unangenehm nah. Sie war sich nicht sicher, was sie davon halten sollte, aber es wand sich in ihrem Magen wie eine zuckende Schlange. Nicht dass ihre Sorge irgendeine Rolle gespielt hätte. Es gab nur eine realistische Option. *Wenn es nur eine Möglichkeit gibt, ist es die richtige.* Kim lebte nach dieser Philosophie und ging den Weg, den sie ihr vorgab.

Aber sie brauchten einen Plan. Nur für den Fall.

Wenn sie Reacher heute tatsächlich finden sollten, musste Gaspar in der Lage sein, seinen Job zu erledigen, und als leitende Agentin bei diesem Auftrag wollte sie ihn wieder zurück in die Spur bringen. Das wenige, was sie bisher über Reacher erfahren hatten, sagte ihr, dass ihrer beider Leben davon abhing, so wachsam wie möglich zu sein.

»Gibt es in diesem Ort einen Flughafen?«, fragte Kim. Sie bemerkte Gaspars selbstzufriedenes Grinsen und wenn er sie ärgern konnte, bedeutete das vielleicht, dass er begonnen hatte, seine privaten Probleme für den Moment auszuklammern. Sie hoffte es.

»Nein«, antwortete er.

»Bahnhof?«

»Nada.«

»Bushaltestelle?«

»Nee.«

»Autovermietung?«

»Unwahrscheinlich.«

»Taxistand?«

»Kaum.«

»Du glaubst also, er hat in ein Hotel vor Ort eingecheckt?«

»Gibt auch keine Hotels.«

»Dann ist er wohl per Anhalter gekommen«, sagte sie.

»Vernünftige Schlussfolgerung.« Gaspar wartete einige Sekunden, bevor er nüchtern hinzufügte: »Vielleicht hat ihn auch eine Frau eingeladen, eine Zeit lang zu bleiben.«

»Wie also sieht dein Plan aus? An alle möglichen Türen klopfen und nach Frauen in einem bestimmten Alter suchen, Reacher mitnehmen und ihn zu einem Bier einladen?«

Sie freute sich, Gaspar grinsen zu sehen, auch wenn er nur versuchte, seine Stimmung aufzubessern. Heiter war besser als trübsinnig.

»Nicht *jede* Frau in einem bestimmten Alter.«

»Welche Kriterien hast du?«, fragte sie, als ob sein Plan die Frage wert wäre, obwohl sie ziemlich sicher war, dass er sich das alles gerade während des Gesprächs ausdachte.

»Nur die gut aussehenden.«

»Models?«

»Die alleinstehend sind.«

»Nonnen?«

»Und schlau.«

»Studentinnen?«

»Und stark.«

»Sportlerinnen?«

Er wartete einen kurzen Augenblick, damit sie ihm folgen konnte. Als sie nichts sagte, warf er ihr wieder diesen Blick zu. »Und Polizistinnen.«

Die Andeutung ließ ihr den Atem stocken. Kims Herz hämmerte heftig in der Brust und ihre Nasenflügel bebten. Sie versuchte, ihre Stimme so gut wie möglich unter Kontrolle zu bringen. »Weil?«

»Weil er ein *cleverer* Irrer ist. Mit einem guten Geschmack in Sachen Frauen.«

Gaspars Überlegung klang vernünftig, aber Kim sträubte sich dagegen. »Zwei Frauen. Das ist wohl kaum ein verlässliches Muster. Und das mit Duffy ist nur so eine Ahnung von dir.«

»Ich weiß, warum ich hier bin«, entgegnete er. »Ich bin ein Fall für die Wohlfahrt.« Er schlug sich mit der Handfläche auf den rechten Oberschenkel. »Die haben Mist gebaut. Jetzt sind sie mir etwas schuldig, haben mich am Hals, und ich bin nicht fit genug für diesen Job. Vergeude deine Zeit nicht damit, mich aufzumuntern. Ich bin dankbar für die Arbeit, aber ich bin entbehrlich. Ich weiß das, die wissen das, und du weißt das auch.«

Die Möglichkeit traf Kim hart wie ein abprallender Racquetball. Sie hatte bisher keinen Gedanken daran verschwendet, warum man sie ausgesucht hatte. Sie hatte sich zu sehr über ihr Glück gefreut. Schon vor einiger Zeit hatte sie einen detaillierten Karriereplan ausgearbeitet, der auch den FBI-Chefsessel beinhaltete. Sie brauchte Gelegenheiten, um sich zu beweisen, und dies war so eine Chance. Mehr brauchte sie nicht zu wissen.

Als sie nicht antwortete, sagte Gaspar: »Nimm deine rosarote Brille ab, Sunshine. Glaubst du, der Boss hat dich ausgewählt, weil du besser schießen kannst als wir anderen? Ich will ja kein Arsch sein, aber komm zurück auf den Boden der Tatsachen.«

Kim konnte nichts entgegnen, denn die Fakten waren eindeutig und seine Schlussfolgerung einwandfrei. Sie verfügte über keine besondere Qualifikation, außer dass sie entbehrlicher war als er, da sie weder Ehepartner noch Kinder hatte. Wenn auch aus anderen Gründen, so gehörte ihr Leben – wie das von Gaspar – dem FBI, und genau so gefiel es ihr. Sie hatte es mit der Liebe versucht und war gescheitert; sie hatte keinerlei Bedürfnis, diesen Weg noch einmal einzuschlagen. Sie war bewusst alleinstehend und hatte vor, es auch zu bleiben.

Könnte der Boss sie als Köder für Reacher eingesetzt haben? Der Gedanke schien zunächst absurd, gewann aber rasch an Potenzial, wurde fast unausweichlich. Plötzlich kamen Fragen kamen auf. Wie konnte sie Reacher dazu bringen, auf sie zuzukommen? Was konnte sie ihm anbieten? Was sollte sie im Gegenzug aus ihm herausholen? Was erwartete man von ihr? Warum war sie nicht entrüstet darüber, dass der Boss einfach davon ausging, sie würde sich opfern, wenn es so weit war?

Die Antwort auf die letzte Frage war einfach. Sie hatte sich früher schon für den FBI geopfert und würde es wieder tun. Das wusste der Boss, sie wusste es und anscheinend war Gaspar auch schon dahinter gekommen.

Kim war überrascht, dass sie so sauer war. »Ist das dein Plan? Wir finden Reacher, locken ihn in irgendeine kompromittierende Situation, und dann? Was dann? Begehen wir Selbstmord?«

Gaspar zuckte mit den Schultern. Vielleicht grübelte er wieder über sein Problem in Miami nach. Oder vielleicht gab er Kim die Gelegenheit, mit einem besseren Plan aufzuwarten, nun da sie den Tatsachen in die Augen geschaut hatte. Falls sie es wagte.

 KAPITEL 2

Schweigend fuhren sie die zweispurige Asphaltstraße weitere fünf Kilometer durch die hügelige Landschaft gen Westen, bevor Kim die erste Ansammlung von bescheidenen Häusern auf beiden Seiten der Straße sah. Sie lagen weitauseinander und sahen gepflegt aus, aber trotz des trüben Wetters waren nur ein paar Fenster erleuchtet. Pfostenbauten, Scheunen und andere Hinweise auf eine ländliche Zivilisation lagen scheinbar willkürlich, ohne speziellen Bebauungsplan über ungefähr anderthalb Kilometer verteilt, bis der Crown Vic an einem Straßenschild vorbeifuhr, das die Ortsgrenze von New Hope, Virginia bekannt gab. Es verkündete ebenfalls, dass die Stadt vor einem Jahrzehnt den Titel »All American City« erhalten hatte, was für die paar Behausungen, die sie bisher gesehen hatten, eine mehr als anmaßende Bezeichnung war.

Die Landstraße wurde zum Valley View, breitete sich auf vier Fahrbahnen aus und die Geschwindigkeitsbegrenzung fiel auf 40 km/h, als sie sich dem Ort näherten. Kim merkte, dass Gaspar auf die Bremse tippte, um den Tempomat auszuschalten. Das große Gefährt verlangsamte seine Fahrt auf dem Asphalt.

Nichts behinderte ihre Sicht. Valley View endete weiter vorne in einer T-förmigen Kreuzung. Etwas weiter westlich lag ein hübsch bepflanzter Boulevard. Dreißig Meter vor der Kreuzung mit dem Grand Parkway teilte sich der Valley View in eine Links- und eine Rechtsabbiegerspur und Kim sah Ampeln an beiden Abbiegungen. Die Ampeln für den auf den Grand Parkway abbiegenden Verkehr wechselten ständig von Rot auf Grün und zurück, aber die Fahrzeuge, die nach Norden abbiegen wollten, kamen kaum vorwärts. Der Verkehr nach

Süden und Osten floss etwas besser, aber unabhängig von den Ampelsignalen, was bedeutete, dass wahrscheinlich Polizisten, die sie von ihrem Blickwinkel aus nicht sehen konnte, den Verkehr regelten.

»Siehst du, was da hinten los ist?«, fragte Kim und war froh über die Gelegenheit, wieder ein normales Gespräch aufnehmen zu können.

Gaspar dehnte Nacken und Schultern, während er näher an das Nadelöhr herankroch. »Sieht aus als hätte es vor einer Weile einen Zusammenstoß auf der rechten Fahrspur nach Norden auf dem Boulevard gegeben, oder?«

»Von hier aus schwer zu sagen, aber ich tippe, das war vor einer Stunde oder mehr.« Durch Lücken im Verkehr konnte Kim einen weißen Ford F-150 Pick-up mit einer Abdeckung über der Ladefläche sehen, der knapp zehn Meter nördlich der Kreuzung auf dem Grand Parkway stand.

Der Crown Vic kam stockend auf dem Valley View voran. Nach einer Weile sagte Gaspar: »Da ist ein blauer Toyota Prius, steckt mit der Kühlerhaube unter der hinteren Stoßstange vom Pick-up. Der Prius ist so zerquetscht, als wäre er mit Karacho gegen eine Betonmauer gefahren, aber der Pick-up sieht unversehrt aus.«

»Ich kann ungefähr sieben Blinklichter ausmachen. Keine Sirenen, also stimmt es wahrscheinlich, dass sie schon eine Zeit lang da sind. Blau, Rot, Weiß, aber kein Gelb«, sagte Kim.

Gaspar lehnte den Kopf zurück, schloss die Augen und meinte nörgelnd: »Eines Tages werden sie die Blinklichter in diesem Land vielleicht mal vereinheitlichen.«

»Vielleicht. Aber im Moment, würde ich sagen, steht ein Krankenwagen parat, die Verletzten wurden schon versorgt, die örtlichen Beamten leiten den Verkehr vorbei und nehmen den Unfallhergang auf. Aber die Abschleppwagen sind noch nicht da, um die beschädigten Fahrzeuge wegzuräumen, also haben sie ein Verkehrschaos.« Kims Gehirnzellen waren dankbar, dass zur Abwechslung mal ein einfaches, lösbares Puzzle anstand. Auch wenn die Lösung alles andere als ideal war. Das Abschleppen an solch einer Kreuzung konnte Stunden dauern und die

Vorstellung, die Nacht in New Hope, Virginia zu verbringen, begeisterte sie nicht gerade.

»Finde, das sind ziemlich viele Einsatzkräfte für einen normalen Auffahrunfall«, sagte Gaspar, ohne aufzuschauen. »Also hast du wahrscheinlich recht, was die Verletzten angeht.«

Der Verkehr robbte langsam an dem Unfallort vorbei. Ab und zu nahm Gaspar den Fuß von der Bremse, um den Crown Vic zentimeterweise weitergleiten zu lassen. Als sie nah genug waren, sah Kim zwei uniformierte Polizeibeamte, die im beißenden Wind den überraschend dichten Verkehr leiteten. Sie waren in der Stunde, bevor sie die Ortsgrenze erreicht hatten, keinem einzigen Fahrzeug auf der Straße begegnet. Sie nahm an, dass der Großteil der Bevölkerung von New Hope am Grand Boulevard lebte. Oder vielleicht war das hier die Rushhour.

Viel gab es nicht zu sehen, bis sie selbst rechts abbiegen und langsam an der Unfallstelle vorbeifahren konnten, wo sie wie alle anderen Gaffer ihre Hälse reckten, um die Show nicht zu verpassen.

Kim sah eine Frau mit blutverschmierter Kleidung, sie zitterte unter einer zu kleinen Decke und wartete vielleicht auf einen Krankenwagen. Ein flachsblonder Junge, um die vier Jahre alt, in Pullover und Cordjeans, stand etwas abseits. Der Junge plapperte – und das war für ein Unfallopfer, wenn er denn eines war, seltsam – freundlich mit einer uniformierten Polizistin. Doch Kims Aufmerksamkeit wurde von dem riesigen, mit einer dunklen Decke verhüllten Haufen auf dem Bürgersteig angezogen, während Gaspar den Wagen an der Unfallstelle vorbeibugsierte.

»Fahr rechts ran«, sagte Kim.

»Bist du sicher? Selbst wenn Reacher tot darunter liegen sollte, vergiss nicht, dass wir unauffällig vorgehen sollen.«

Sie diskutierte nicht. Fünfzehn Meter von den Streifenwagen entfernt stellte Gaspar das Fahrzeug auf dem breiten Schotterstreifen am Straßenrand ab. Sie stiegen aus. Trotz des rauen Winds stank die Luft nach Abgasen. Feuchtigkeit legte sich wie eine kalte Wolke auf ihre Haut.

»Ich dachte, ihr feurigen Latinos seid Kavaliere. Warum hast du nie einen Mantel dabei, den du mir umlegen kannst?«, neckte Kim ihn, während sie vor Anspannung genauso wie vor Kälte zitternd über den Schotter auf die Leiche zugingen.

»In Miami haben wir im November immer tolles Strandwetter und außerdem besitze ich keinen Mantel.« Gaspar hatte die Hände in die Hosentaschen gesteckt, nachdem er den Kragen von seinem Banana-Republic-Anzug hochgestellt hatte. »Aber du bist eine emanzipierte Frau aus Detroit. Welche Entschuldigung hast du?«

Das fragte Kim sich auch. Sie machte sich in Gedanken eine Notiz, an dem ersten günstigen Kaufhaus anzuhalten. Irgendwo in diesem Ort würde sie doch wohl einen passenden Mantel finden, auch wenn sie dafür in die Kinderabteilung musste.

Gaspar trödelte nicht, obwohl sein Bein nach der langen Fahrt sicher verkrampft war. Kim gab sich alle Mühe, mit seinen langen Schritten mitzuhalten. Sie kannte die vollen Ausmaße seiner Verletzung nicht und er hatte deutlich gemacht, dass sie von ihm auch nicht mehr darüber erfahren würde. In seiner Vergangenheit herumzuschnüffeln, kam ihr unkollegial vor; sie würde warten, bis er ihr genug vertraute, um es ihr zu erzählen. Er humpelte ein bisschen, aber während sie weitergingen, schien er sich irgendwie lockerzulaufen.

Die Einsatzkräfte handhabten die chaotische Situation angemessen, wie Kim feststellte. Dies mochte eine kleine Stadt mitten im Niemandsland sein, aber die Beamten agierten, als seien sie gut ausgebildet worden. Die Notfallversorgung war abgeschlossen, jetzt machten sie die Tatortarbeit und kümmerten sich um den Verkehr. Niemand schien sich für die Decke oder die darunterliegende Leiche zu interessieren.

Als Otto und Gaspar näherkamen, wurden sie von einem abseits stehenden Beamten in Zivil bemerkt. Er war schlank, vielleicht fünfundvierzig oder fünfzig Jahre alt, hatte ergrauende kastanienbraune Haare und dichte dunkle Augenbrauen. Er fragte nicht, ob sie die Unfallbeteiligten kannten, doch er klang freundlich, als er sagte: »Ich fürchte, Sie müssen zurück zu Ihrem Auto.«

Gaspar wartete darauf, dass Otto die Führung übernahm. Einerseits, weil es ihre Idee gewesen war, hier anzuhalten, aber andererseits auch, weil es ihr Job war zu führen. Sie holte mit der linken Hand ihre Dienstmarke heraus, während sie die rechte ausstreckte und davon ausging, dass der örtliche Beamte ihr automatisch ebenfalls die Hand reichen würde, was er auch tat.

»Sieht so aus, als hätten Sie hier alle Hände voll zu tun«, sagte Kim ebenso freundlich und steckte ihre Marke wieder weg. Jetzt müsste er danach fragen, wenn er sie sich genauer anschauen wollte. Meistens taten sie das nicht. Alle Polizisten erkannten eine FBI-Marke auf den ersten Blick. Gaspar holte seine Marke gar nicht erst heraus. Alle Polizisten wussten auch, dass FBI-Agenten immer zu zweit unterwegs waren.

»Chief Paul Brady, New Hope Police Department«, stellte er sich vor, mit einer Stimme, die im Kirchenchor den Tenorpart hätte übernehmen können. »Sie sind sicher hierher umgeleitet worden, oder? Tut mir leid, dass ich Ihre Arbeit unterbreche, aber danke, dass Sie so schnell gekommen sind. Ist der Rest Ihres Teams unterwegs?«

Bradys Worte fuhren ihr wie ein Stromschlag ins Rückenmark. Warum sollte ein Polizeichef bei einem Verkehrsunfall das FBI rufen? Klar, das Hauptquartier lag nur ein paar Stunden entfernt, aber unter normalen Umständen fielen Auffahrunfälle nicht in die Zuständigkeit des FBI.

Kim würzte ihren Tonfall mit kooperativem Diensteifer. »Warum haben Sie uns gerufen?«

»Hab ich anfangs nicht«, sagte Chief Brady. »Zeugen sprachen von Autoraub. Ist hier selten. Ich hab den Ausdruck mindestens ein Jahrzehnt lang nicht mehr gehört.«

Überfälle auf Autos mit anschließender Entführung des Fahrzeugs fielen ebenso wenig in die Zuständigkeit des FBI, aber Kim sagte nichts. Sie hielt Brady für einen Kerl, der eine Geschichte auf seine Art und in seinem Tempo erzählen musste. »Aha.«

Brady steckte die Hände in die Jackentaschen. »Die Sache hat sich ziemlich hochgeschaukelt. Der erste Anrufer meldete einen Auffahrunfall. Ich schickte eine Streife raus, um das aufzunehmen. Eine oder zwei Minuten später sprach ein zweiter Anrufer von aggressivem Verhalten im Straßenverkehr. Er sagte, ein riesiger Typ sei mit einem Gewehr aus dem Pick-up ausgestiegen. Ich hab schnell noch einen Wagen losgeschickt. Ein dritter Anrufer meldete, der Fahrer des Pick-ups hätte das Fenster des Prius mit dem Gewehrkolben eingeschlagen, die Frau aus dem Auto gezerrt und sie mit dem Gewehr vermöbelt, als wäre es ein Knüppel.« Brady schüttelte den Kopf bedächtig hin und her, als könnte er nicht fassen, dass Gewalt im Straßenverkehr solch brutale Ausmaße annehmen konnte, obwohl er wusste, dass es so war. »Als meine Beamten an der Unfallstelle eintrafen, fanden sie die zusammengeschlagene Frau vor, den toten Typen auf dem Boden und den Jungen, der schreiend im Auto saß. Da hab ich mir meinen Mantel geschnappt und bin schleunigst hergekommen.«

Gaspar zitterte in der feuchten Kälte und blickte missmutig drein, weil Brady seine Geschichte zu langsam von sich gab. Ihr Partner hatte nicht das geringste Interesse daran, den verärgerten Kollegen, die jeden Moment eintreffen mussten, irgendetwas zu erklären. Kim wusste das, weil es ihr genauso ging.

Aber sie *musste* den riesigen Kerl sehen, der unter dieser Decke lag. Sie glaubte nicht, dass Reacher darunter lag. Eigentlich nicht. Sie glaubte nicht, dass er überhaupt in New Hope gewesen war. Weder gestern noch sonst irgendwann. Aber ein schneller Blick würde ihr Klarheit verschaffen. Sie stand nur drei Meter entfernt und sie würde nicht gehen, bevor sie es nicht mit Sicherheit wusste.

Gaspar spornte Brady an, damit dieser zu den ausschlaggebenden Tatsachen kam, die die Anwesenheit des FBI erforderten. »Einheimische Terroristen? Schmuggelware im Auto? Hat sie ihn mit einer illegalen Waffe getötet? Ist der Typ Indianer?«

Bradys finsterer Blick zog nun mit Gaspars gleich, während die beiden Alphatiere in Angriffsstellung gingen. Kim ging dazwischen, um ein Patt zu vermeiden, was im Moment schlimmer als ein Scharmützel wäre. »Sie kennen sicher alle hier im Ort, Chief. Wer sind diese Leute?«

Vielleicht wollte Brady auch kein Scharmützel. »Na ja, genau das ist es ja. Der Prius ist ein Mietwagen aus West Virginia. Der Pick-up wurde in Maryland gemietet. Wir haben die Nummernschilder überprüft. Beide wurden vor einer Woche ausgeliehen und mit einer Firmenkreditkarte bezahlt. Wir überprüfen das gerade, aber die Recherchen führen uns immer wieder in Sackgassen.«

»Keinerlei Ausweise beim Verstorbenen?«

»Nichts.«

»Die Frau?«

»Sagt, sie heißt Jill Hill, hat aber auch keinen Ausweis bei sich.«

»Was ist mit dem Jungen?«, fragte Gaspar. »Der sieht mir aus wie ein kleiner Mann, der seinen Namen und seine Anschrift kennt.«

»Ganz genau so einer ist er.« Der Mund von Chief Brady verzog sich zu einem leichten Grinsen. »Süßer Kerl. Hat uns alle um den Finger gewickelt. Er sagt, er heißt Brook, und er fragt, ob der Riese die Bohnenstange hockgeklettert ist.«

KAPITEL 3

Kim nickte und atmete tief durch. »Schauen wir mal, was Sie da haben, bevor das Tageslicht ganz weg ist.«

Sie ging auf den leblosen Körper zu und ließ Brady und Gaspar keine andere Wahl, als ihr zu folgen. Der F-150 Pick-up und der Prius waren an der Knautschzone quasi miteinander verschmolzen, sodass sie um die Autos herum laufen mussten. Kim bahnte sich ihren Weg durch kleine Lücken zwischen den Streifenwagen hindurch, die den Gaffern den Blick auf den Tatort versperren sollten. Verschiedene Beamte liefen umher, während sie darauf warteten, dass das FBI übernahm. Kim hatte das jedoch nicht vor. Ihr Plan war im Moment war nur, zu bestätigen, dass Reacher tot unter der Decke lag. Oder auch nicht.

Je nachdem, wie es ausging, wollte Kim von hier abhauen, oder auch nicht. Keine Minute später standen Otto und Gaspar neben dem massigen Haufen. Ihr Körper summte, als stünde sie unter Strom. Das konnte er sein. Der Auftrag wäre beendet. Sie war sich nicht sicher, was sie fühlte, aber ihre Gefühle spielten auch keine Rolle. Es war, was es war.

Gaspar bat den Sanitäter, die Decke zu entfernen.

Als die Decke angehoben wurde, war nur ein kurzer Blick nötig, um Kims Fragen zu beantworten. Sie schaute zu Gaspar auf. Er nickte.

Sein Gesicht sah übel aus. Die Nase war eingedrückt, die Wangen zertrümmert. Die blonden langen Haare hingen über die Ohren und bis über den Kragen. Er hatte den dicken Hals und die breiten Schultern eines Bodybuilders. Die Jeans spannte sich über kräftigen Oberschenkeln. Er trug schwere Stiefel. Das Gewehr umklammerte er noch mit der rechten Hand. Tote

Augen starrten ins Nichts. Seine Stirn war rot und geschwollen und würde vielleicht noch blau werden, auch wenn sein Herz zu schlagen aufgehört hatte, kurz nachdem er sich den Schädel am Bürgersteig aufgeschlagen hatte. Pech, dass er genau dort aufgeschlagen war, wo der Frost den Bürgersteig zu einer scharfen Kante aufgerissen hatte, die härter war als sein Kopf.

Natürlich war er dem Jungen wie ein Riese erschienen. Er war etwa einen Meter neunzig groß und wog wahrscheinlich gute hundert Kilo. Der Mann war wirklich riesig. Aber nicht groß genug, um Jack Reacher zu sein.

Während sie sich mit den Erwachsenen abgab, ging Gaspar zu dem einzigen anwesenden Augenzeugen. Kim nahm ihr Smartphone heraus und machte ein paar Fotos, bevor sie den Sanitäter bat, die Leiche wieder zuzudecken. Sie bemerkte die einsetzende Dämmerung und warf einen Blick auf ihre Seiko-Uhr. Das offizielle FBI-Team würde bald eintreffen. Sie hoffte, dass sie ausreichend Beleuchtung dabei hatten. Eine halbe Stunde später gäbe es nicht mehr genügend Tageslicht, um den Tatort zu untersuchen.

Dann wandte sie ihre Aufmerksamkeit der Frau zu: Jill Hill. Der Name klang so albern, dass er echt sein konnte, doch Kim nahm an, dass Jill keine bessere Lüge vorbereitet und ihn sich spontan ausgedacht hatte. Da sie das Handy ohnehin schon in der Hand hatte, machte sie auch gleich noch ein paar Bilder von Miss Hill.

Miss Hill zitterte unter der Decke, die der Sanitäter ihr umgelegt hatte. Die blonden Haare waren mit Blut verklebt, wahrscheinlich von einer Platzwunde am Schädel. Verletzungen am Schädel bluten heftig. Man hatte sich Mühe gegeben, ihr das Blut aus dem zerschlagenen, geschwollenen Gesicht zu wischen, aber die gebrochene Nase musste operiert werden. Vielleicht waren die Wangenknochen auch gebrochen. Bei den mittlerweile schlechten Lichtverhältnissen war das schwer zu sagen. Als sie Kim ansah, waren ihre Pupillen ungleichmäßig groß und reagierten nicht.

Kim war kein Arzt, aber wie alle FBI-Agenten hatte sie eine umfangreiche Erste-Hilfe-Ausbildung erhalten. Und was sie sah, beunruhigte sie. Sie winkte Chief Brady heran und stellte leise fest: »Sie muss sofort ins Krankenhaus gebracht werden.«

»Wir dachten, es wäre nicht dringend «, sagte Brady. »Wir wollten abwarten, was das FBI sagt.«

Statt wieder nach dem Warum zu fragen, sagte Kim: »Es ist dringend.« Sie kannte zwar die Vorschriften bei einer parallelen Zuständigkeit des FBI. Aber wenn Jill Hill starb, weil sie diesen Mann getötet hatte, dann wollte Kim, dass es aufgrund einer Entscheidung des Rechtssystems geschah und nicht als Ergebnis einer unterlassenen Hilfeleistung seitens der Polizei.

Gaspar war in die Hocke gegangen, auf Augenhöhe mit dem Jungen, und führte eine angeregte Unterhaltung. Ein entzückendes Kind, das ihr irgendwie bekannt vorkam. Blonde Locken, lebhafte blaue Augen, engelhafte Wangen und ein munteres Lächeln auf den herzförmigen, vollen Lippen. Etwas fand Kim jedoch seltsam: Was immer hier auch geschehen war, es schien ihn nicht allzu sehr mitgenommen zu haben.

Kim tippte Gaspar auf die Schulter. Er schaute auf und sie deutete mit einer Kopfbewegung auf den Crown Vic. Er nickte. Sie waren schon zu lange hier. Das unmissverständliche Wupp-wupp-wupp eines Hubschraubers, der zweifellos die FBI-Agenten brachte, die eigentlich mit dem Fall betraut worden waren, wurde lauter. Wenn sie sich beeilten, konnten sie fort sein, bevor das offizielle Team eintraf.

Der Junge schaute Kim an und sprang mit einem verzückten Grinsen auf. »Ich bin Brook! Du bist ja so groß wie ich!«, sagte er und war eindeutig erfreut, dass zumindest ein Erwachsener seine vertikale Dimension mit ihm teilte.

Kim spürte, wie ihr Rücken sich versteifte. Sie richtete sich zu ihrer gesamten Größe von einem Meter zweiundfünfzig auf und straffte die Schultern, bevor sie scherzhaft sagte: »Träum weiter, Freundchen!«

Er kicherte, als wäre es das Witzigste, was ein Erwachsener an diesem Tag zu ihm gesagt hatte. Was bedauerlicherweise zutreffen konnte. Er hob ihr die Hand zum Einschlagen entgegen. Sie klatschte ihn ab und bemerkte verdrießlich, dass seine Hand nicht viel kleiner war als ihre.

Gaspar hatte sich aus der Hocke in den Stand gekämpft. »Wir müssen los, Kumpel. Hat Spaß gemacht, mit dir zu plaudern.«

Der kleine Brook schüttelte beiden feierlich die Hand. Dann kicherte er sein herrliches Lachen und winkte, während er mit seiner Singsang-Stimme sagte: »Tschühüss! Immer heiter weiter!«

»Mit Sicherheit«, erwiderte Kim. *Wo habe ich genau diesen Satz so schon einmal gehört?*

Sie beeilten sich auf dem Weg zum Crown Vic, nicht nur wegen der Kälte, sondern auch weil die wuppenden Hubschrauberblätter zum Stillstand gekommen waren.

Chief Brady kreuzte ihren Weg, bevor sie den Crown Vic erreichten. »Wir haben ein paar Wagen losgeschickt, um Ihr Team abzuholen. Sie müssten gleich hier sein. Wir lassen Sie dann direkt an die Arbeit. Sehen wir uns nachher in meinem Büro?«

»Geht in Ordnung«, sagte Kim. »Aber Sie haben mir noch gar nicht verraten, warum sie das FBI überhaupt eingeschaltet haben.«

Brady zog verwirrt die Stirn kraus, sodass seine Augenbrauen für einen Moment einen geraden Strich bildeten, bevor ihm die Erleuchtung kam. »Woher wir von der Entführung wussten, meinen Sie?«

Entführung?

»Wir haben das Kind erkannt. Wegen der geheimen Suchmeldung.« Brady gluckste wie ein stolzer Papa. »Er sieht genauso aus wie sein Großvater, finden Sie nicht? Was für ein Charmeur. Wenn er groß ist, wird dieser Junge bestimmt Präsident und nicht Vize-Präsident. Das Winken und den Abschiedsgruß hat er schon richtig gut drauf.«

Kim hatte das Gefühl, zwei Sekunden hinterherzuhinken, während sie den Zusammenhang herstellte. Natürlich! Der Junge war der Enkel des Ex-Vize-Präsidenten Brook Armstrong. Deswegen waren ihr seine Abschiedsworte derart vertraut vorgekommen. Otto und Gaspar hatten so weit unter dem Radar agiert, dass sie von der Entführung gar nichts mitbekommen hatten. Die Behörden mussten offiziell benachrichtigt worden sein, aber man hatte wohl aus Gründen der nationalen Sicherheit bis auf Weiteres eine Nachrichtensperre verhängt. Die Kinder von Politikern wurden vor dem Blitzgewitter geschützt. Aber FBI-Agenten hätten informiert sein müssen.

Gaspar musste ähnlich auf dem Schlauch gestanden haben, denn er kam ihr auch nicht gleich zu Hilfe. Und kurz darauf hatten sie die Gelegenheit, unentdeckt zu verschwinden, verpasst.

Chief Bradys Blick wanderte zu einem Punkt hinter ihnen. »Da kommt Ihr Team«, sagte er.

Otto und Gaspar hörten hinter sich die Stimme der leitenden Agentin, die näher kam und nun in ihr Blickfeld trat. »Susan Duffy. Sie sind Chief Brady?«

Brady nickte, gab ihr die Hand und berichtete kurz und bündig: »Agent Otto hat eine verletzte Frau bereits ins Krankenhaus bringen lassen. Ein Toter. Und der Junge ist bei einem meiner Beamten.«

Vielleicht beschloss Duffy, zunächst einmal diskret vorzugehen. »Otto und Gaspar können mich über den aktuellen Stand informieren, Chief«, sagte sie. »Mein Team geht mit Ihnen zur Unfallstelle. Ein weiterer Hubschrauber und ein Team sind auf dem Weg, um den Jungen zu holen. Ich bin gleich da.«

Als Brady und die anderen Agenten außer Hörweite waren,

verschwand Duffys charmanter Tonfall. Ihre Stimme wurde so kalt wie der eisige Wind. »Warum sind Sie hier?«

Kim hätte es mit einer Versöhnung versucht, wäre sie sich nicht wie eine vollkommene Idiotin vorgekommen. Sie konnte es nicht ausstehen, über den Alarmzustand der gesamten nationalen Sicherheitsbehörden nicht im Bilde zu sein. Duffy dagegen wusste schon zu viel über Otto und Gaspar. Das schrie förmlich nach Streitlust. »Aus dem gleichen Grund wie Sie: Reacher. Wo ist er?«

Duffy zuckte mit keiner Wimper. »Sie sind etwas durcheinander, Agent Otto. Die Reacher-Akte zu erstellen, das ist Ihr Auftrag, nicht meiner.«

»Ist das alles, was Sie zu bieten haben?«, mischte Gaspar sich ein. »Diese Entführung ist vielleicht nicht unser Fall, aber Ihrer auch nicht, oder? Sie haben Brady verschwiegen, dass sie nicht direkt vom FBI, sondern bei der ATF sind – er hat Sie also offensichtlich nicht erwartet. Das bedeutet, Reacher muss Sie angerufen haben. Deshalb sind *Sie* hier. Was bereitet Ihnen Sorgen?«

Duffy schien ein, zwei Augenblicke länger als nötig über die Angelegenheit nachzudenken. Vielleicht ging sie in Gedanken die möglichen Szenarios durch und überlegte, wie viel sie offenbaren und was sie verheimlichen sollte. Kim erkannte die Anzeichen.

»Unser Team«, sagte Duffy, »wurde losgeschickt, um dem FBI bei der Festnahme von mutmaßlichen Entführern und bei der Verhinderung von Straftaten behilflich zu sein.«

Sie hatte sich für die Option entschieden, die Kim auch gewählt hätte, und das war beruhigend, denn es machte Duffy vorhersehbar und das war das Beste, was ein Gegner sein konnte. Kim hätte ein Monatsgehalt darauf verwettet, dass Duffys Antwort nicht der Wahrheit entsprach, aber sie war ziemlich vage. Eine Antwort, die Duffy lang genug aufrechterhalten konnte, um hier zu erledigen, was sie zu erledigen hatte.

Gaspars Antwort bestand aus einer hochgezogenen Augenbraue.

Duffy bluffte erneut, wahrscheinlich einfach nur, weil sie nicht in der Lage waren, ihren Bluff zu überprüfen. »Fragen Sie bei meinen Vorgesetzten nach, wenn Sie möchten, bevor Sie mich darüber in Kenntnis setzen, warum genau *Sie* hier sind. Ich warte.«

Gaspar zuckte mit den Schultern wie jemand, der auch schon mehr als einmal Poker gespielt hatte. »Wir waren im Rahmen unseres Auftrags unterwegs, als wir uns dem vermeintlichen Verkehrsunfall mit Personenschäden näherten. Wir hielten an, um zu helfen. Nun, da Sie hier sind und die Sache übernehmen, werden wir unsere Fahrt fortsetzen. Es sei denn, wir können etwas für Sie tun?«

Bevor Duffy antworten konnte, kam ein Beamter von Bradys Team zu ihnen: »Agent Duffy? Der Rechtsmediziner möchte Sie sprechen, bevor die Leiche abtransportiert wird. Bitte kommen Sie hier entlang.« Duffy folgte ihm, Otto und Gaspar gingen mit.

Der Rechtsmediziner stand neben der verdeckten Leiche. »Wir haben die Routinearbeit erledigt, Agent Duffy. Soll ich etwas Bestimmtes überprüfen, bevor ich gehe?«

»Besondere Kennzeichen? Narben? Irgendwas?« Sie fragte, als glaubte sie, es könne etwas geben. Kim wurde bewusst, dass Duffy die Leiche bisher nicht gesehen hatte. Dennoch schien sie nicht zu glauben, dass Reacher letztendlich seinen Meister gefunden und gegen ihn verloren hatte. Sie schien sich überhaupt keine Sorgen zu machen.

»Leider nicht«, sagte der Arzt. »Ich habe Speichelproben für eine DNA-Analyse genommen, falls Sie irgendwann etwas zum Abgleich haben. Aber eines wollte ich Ihnen noch zeigen.«

Der Rechtsmediziner kniete sich neben der Leiche nieder. Duffy war nun leicht angespannt und Kim fragte sich, warum. Duffy wusste doch bereits, dass der Tote nicht Reacher war. Wusste sie, wer der Mann war?

Der Arzt zog die Decke zurück. Er drehte den Kopf des stattlichen Mannes zur Seite und offenbarte seinen zertrümmerten Schädel. »Todesursache scheint ein dumpfer Schlag auf den Schädel durch den Aufprall auf den aufgerissenen Beton zu sein. Die Frage ist, wie sein Kopf hier mit so einer Wucht aufgeprallt sein kann, dass solch ein Schaden angerichtet werden konnte.«

»Er muss ziemlich heftig gestürzt sein, oder?«

Der Arzt schüttelte bedächtig den Kopf. »Ich kann Ihnen die Computeranimation später zeigen, aber die kurze Antwort lautet, dass das unwahrscheinlich ist.«

»Das heißt?«, wollte Gaspar wissen.

»Das heißt, dass er gestoßen wurde, und zwar mit ziemlich Kraft.«

Kim spürte das, was jetzt kam, wie sie das Vibrieren von Gleisen spüren würde, bevor ein Zug in Sichtweite war. Vielleicht spürte Duffy es auch.

Der Arzt zeigte auf die Stirn des kräftigen Mannes. »Sehen Sie die Rötung und die Schwellung hier? Wenn er überlebt hätte, hätte er morgen einen teuflischen blauen Fleck. Er wurde mit einer überaus großen Krafteinwirkung getroffen, was ihn mit beträchtlicher Geschwindigkeit nach hinten geschleudert hat. Er schlug wesentlich heftiger auf den Beton auf, als es bei einem einfachen Ausrutschen oder einem leichten Stoß der Fall gewesen wäre.«

Duffys Gesichtsausdruck war eine Maske der Sachlichkeit. Aber Kim wollte eindeutige, unumstößliche Antworten. »Könnte die Frau ihn hart genug geschlagen haben?«

»Ich kann es nicht mit Sicherheit sagen, aber meiner Meinung nach nicht. Sie wurde mir als zierlich beschrieben, ein Meter zweiundsechzig groß. Da stimmt die Hebelwirkung nicht. Ich bezweifle, dass sie irgendeine Waffe mit ausreichend Kraft geschwungen haben könnte, um diesen Kerl so umzuhauen. Vor allem da sie geschwächt war, weil er sie ja schon angegriffen hatte.« Er schüttelte wieder bedächtig den Kopf. »Ich bezweifle, dass irgendeine normal große Frau dazu in der Lage gewesen wäre.«

»Sie sagen also, dass jemand anderes diesen Kerl getötet hat?«, fragte Kim, um sich Klarheit zu verschaffen.

»So sieht es aus«, sagte er.

»Was hat ihn umgehauen?«, fragte Gaspar.

»Schwer zu sagen. Irgendetwas Unerwartetes, denn der Verstorbene hat es nicht kommen sehen und hat sich nicht geduckt. Etwas Hartes, Schweres, Starkes. Mit Sicherheit nicht das Gewehr, das wir hier gefunden haben.«

Duffy unterbrach ihn: »Danke, Doktor. Rufen Sie mich bitte vom Krankenhaus aus an, wenn Sie die Frau gesehen haben.« Sie gab ihm ihre Visitenkarte. Dann drehte sie sich zu Kim um. »Lassen Sie uns einen Kaffee trinken. Hier draußen ist es eisig.«

Otto und Gaspar gingen den kurzen Weg bis zum Crown Vic hinter Duffy her. Wie Duffy angekündigt hatte, näherte sich ein zweiter, größerer Hubschrauber schnell von Osten her. Der Lärm der Rotorblätter wurde immer lauter. Ein Gespräch in normaler Lautstärke wurde unmöglich.

Als alle im Auto saßen, drehte Kim sich zum Rücksitz um: Duffy sah Gaspar im Rückspiegel an. Sie sagte: »Sie sehen nachdenklich aus.«

Gaspar ließ den Motor an und schaltete die Heizung ein, bevor er antwortete: »Ich dachte nur gerade, dass das, was der kleine Brook zu mir gesagt hat, jetzt viel mehr Sinn ergibt.«

»Was hat er gesagt?«, fragte Kim, den Blick immer noch auf Duffy gerichtet. *Was dachte sie?*

»Brook wollte wissen, warum der Riese den Bösen getötet hat.«

Duffys Miene erstarrte. »Sie haben schon wieder die falschen Schlüsse gezogen. Wir müssen uns unterhalten, bevor Sie zu weit aus der Spur geraten, denn das wäre für keinen von uns gut.«

Kim beobachtete nach wie vor Duffys Reaktionen. »Wollen Sie sagen, dass Reacher diesen Typen nicht umgebracht hat?«

Duffys Seufzer war bei dem Lärm der Hubschrauberblätter kaum zu hören. »Es ist nicht so, wie Sie denken, Otto.«

Kim schüttelte energisch den Kopf. »Das ist es bei Reacher nie.« Weder Duffy noch Gaspar hörten ihre Bemerkung.

Gaspar musste fast schreien und übertönte den stärker werdenden Krach kaum. »Warum klären Sie uns nicht auf?«

Duffy entgegnete laut: »Genau das habe ich vor. Auf dem Grand Boulevard, etwa eine Meile hinter der Polizeistation, ist ein Diner. Fahren Sie Richtung Norden. Ich sage Ihnen, wo Sie abbiegen müssen.«

Gaspar lenkte das große Auto auf die Spur Richtung Norden und fädelte sich in den unregelmäßigen Verkehr ein, der mittlerweile wieder in normaler Geschwindigkeit vorankam. New Hope war eine saubere Stadt mit Schaufenstern im Disney-Stil, Laternen und Blumenkästen voller Chrysanthemen in Gelbtönen. Die Bürgersteige waren sauber gefegt. Es fehlten nur die Leute, die einkauften, aber angesichts des Wetters, der Uhrzeit und der Aufregung an der Kreuzung überraschte das Fehlen von Fußgängern nicht.

Drei Meilen vom Tatort entfernt stand ein freistehendes rotes Backsteinhaus mit weißen dorischen Säulen und einer beeindruckenden zweiflügeligen Tür. Vielleicht war es früher einmal eine Bank gewesen. Jetzt warb das New Hope Family Diner mit ganztägigem Frühstück. »Parken Sie auf dem Parkplatz an der Seite«, sagte Duffy. »Da gibt es einen Eingang.«

Auf dem seitlichen Parkplatz stand gut ein Dutzend Fahrzeuge unterschiedlichster Jahrgänge und Marken. Am Ende der Reihe bemerkte Kim einen der typischen schwarzen Geländewagen der Regierung, hinten mit dunkel getönten Scheiben. Der Fahrer war adrett angezogen, gut frisiert und unendlich geduldig.

Duffy ging voraus in das Diner und entschied sich für eine Sitzecke im hinteren Bereich, ein Stück entfernt von den anderen Gästen. Sie setzte sich mit dem Rücken zum Eingang und überließ Kim und Gaspar die bessere Position. *Überraschend*, dachte Kim, als sie und Gaspar sich mit dem Gesicht zur Tür setzten.

Nachdem die Kellnerin ihre Bestellung aufgenommen und den Kaffee serviert hatte, sagte Duffy: »Sie haben keinerlei Kenntnis von den Hintergründen dieser Situation, also lassen Sie mich erst mal erklären. Die Tochter des Vize-Präsidenten und ihr Mann lassen sich scheiden. Die Scheidung ist nicht einvernehmlich und läuft nicht gut für die Frau.«

Kim hatte die Gerüchte gehört. Sally Armstrong war ein wildes junges Ding gewesen, als ihr Vater nur einen Herzschlag von der Führung der westlichen Welt entfernt war. Drogenmissbrauch wurde vermutet, aber nie eingestanden. Die Ehe hatte sie nicht gezähmt.

Gaspar beobachtete Duffy genau, während er seinen Kaffee

trank, aber er stellte keine Fragen, was ungewöhnlich für ihn war. Seit seine Frau angerufen hatte, war sein Verhalten unberechenbar gewesen. Kim machte sich weiterhin Sorgen wegen seiner Probleme in Miami, aber sie konnte sich nur um eine Sache auf einmal kümmern.

»Erzählen Sie weiter«, sagte Kim.

»Vor sechs Tagen«, sagte Duffy, »wurde der kleine Brook Armstrong von seiner Nanny Jillian Timmer und einem nicht identifizierten Mann aus seinem Zuhause in Arlington entführt.«

»Auch bekannt unter dem Namen ›Jill Hill‹ und dem toten Fahrer des Pick-ups, nehme ich an«, sagte Kim.

Duffy nickte. »Jillian hatte die Überwachungskameras außer Gefecht gesetzt, hatte aber keine Ahnung von der zusätzlichen Sicherheitstechnik innerhalb und außerhalb des Hauses der Armstrongs. Daher wusste das Team des Vizepräsidenten recht schnell, dass die beiden den Jungen entführt hatten. Das Ganze war gründlich geplant und sorgfältig durchgeführt.«

Gaspar wischte sich mit der Hand übers Gesicht und gab ein seltsames, fast stöhnendes Geräusch von sich. Seine Stimme klang wütend und anklagend. »Das heißt, Jillian hat die Entführung mithilfe eines Elternteils ausgeheckt. Sie gehörten zu dem Team, das das verhindern sollte, und dann haben Sie die Entführer aus den Augen verloren, bevor sie festgenommen werden konnten, richtig?«

Duffys Ärger flackerte auf, aber sie unterdrückte ihre Wut mit sichtbarer Mühe. »Seitdem haben wir rund um die Uhr daran gearbeitet, den Jungen zu finden. Keiner von uns hat in den letzten sechs Tagen mehr als vier Stunden geschlafen. Wir haben eine Lösegeldforderung erwartet, aber es kam nie eine.«

Kim rekonstruierte in Gedanken den zeitlichen Ablauf. »Sie haben also vor drei Tagen, als wir sie in Washington, D. C. getroffen haben, an dem Fall gearbeitet.«

Teile des Puzzles schoben sich an die richtige Stelle, aber wie sah das vollständige Bild aus?

Duffy hatte den Blick gesenkt und nahm ein paar Schlucke von ihrem Kaffee, bevor sie weitersprach. »Heute hatten wir einen Durchbruch. Ich erhielt einen anonymen Hinweis …«

Gaspars Faust knallte auf den Tisch, seine Nasenflügel bebten und eine tiefe Röte stieg ihm vom Kragen hoch bis zum Haaransatz. »Ist das Ihr Ernst? Erwarten Sie wirklich von mir, dass ich Ihnen *das* glaube?«

Ein paar Gäste schauten zu ihrem Tisch, waren vielleicht beunruhigt, vielleicht neugierig angesichts des Aufruhrs. Duffy räusperte sich und fuhr fort, als hätte er nie etwas gesagt. »Ich erhielt vor wenigen Stunden einen anonymen Hinweis. Brook wurde in einem Auto gesehen, das hier in New Hope in einen Auffahrunfall verwickelt war. Während wir alles vorbereiteten, um ihn hier aufzugreifen, drehte der Fahrer des Pick-ups durch. Sie waren hier, bevor wir kamen.«

»Was für ein Müll«, sagte Gaspar wütender, als Kim ihn in ihrer kurzen Zeit als Partner je gesehen hatte. War er wegen Duffys Lügen so aufgebracht? Oder steckte etwas anderes dahinter?

Duffy blitzte ihn nun ebenfalls wütend an. Aber sie blieb sitzen. Sie trank ihren Kaffee und wartete – wie Kim – darauf, dass Gaspar sich beruhigte. Dann gab sie ihnen eine kleine Videokamera.

»Drücken Sie auf die Play-Taste«, sagte sie.

KAPITEL 5

Die Szenen, die Otto und Gaspar sich ansahen, wirkten wie aus einem Stummfilm. Das Video war offensichtlich aus verschiedenen Aufnahmen zusammengeschnitten worden. Die ersten Segmente ohne Tonspur waren von Drohnen und vielleicht auch von Kameras in Fahrzeugen aufgezeichnet worden. Später gab es Ton und Dialogfetzen, was daraufhin deutete, dass diese Aufnahmen von Verkehrskameras und möglicherweise noch anderen Quellen stammten. Die Bilder waren von recht guter Qualität. Deutlich genug, um einige Dinge zu bestätigen. Für manche aber nicht deutlich genug.

Dort, wo das Video einsetzte, musste das Verkehrsschild, das fünfundzwanzig Kilometer bis zur Ortsgrenze von New Hope verkündete, etwa sechs Kilometer zurückliegen. Der Anhalter kauerte sich in seine Jacke, als ob die feuchtkalte, schwere Novemberluft ihm bis in die Knochen kroch, obwohl er in einem ordentlichen Tempo auf dem unebenen Straßenrand gen Westen marschierte. Beißender Wind wehte ihm ins Gesicht; er hielt den Kopf gesenkt.

Es gab ohnehin nichts zu sehen. Die triste Landschaft war so wenig einladend, wie Kim es noch nie erlebt hatte, und das sagte einiges. Er empfand es wahrscheinlich ebenso.

Vermutlich hatte die Erfahrung ihn gelehrt weiterzugehen, bis – vielleicht – das geeignete Fahrzeug vorbeikam. Ein Farmer oder Trucker hätte ihn mitnehmen können; vielleicht war er auf diese Weise auch bis dorthin gekommen. Ansonsten würde er noch vier Stunden weiterlaufen müssen, bis er heißen Kaffee und ein anständiges Diner fand, und – mit ein bisschen Glück – ein warmes Bett für die Nacht.

Er hatte solche Reisen schon öfters unternommen und Kim nahm an, dass er für die Zukunft noch mehrere lange Märsche über verlassene Straßen in neue Städte erwartete.

Kim erkannte ihn sofort, denn sie hatte ihn schon zweimal gesehen. Sie erkannte auch seine Kleidung. Die schweren Stiefel hielten seine Füße warm und trocken. Der Kragen der braunen Lederjacke war aufgestellt und die Haare fielen ihm bis über die Ohren, aber eine Mütze und Handschuhe wären bei dem Wetter auch hilfreich gewesen. Eine blaue Jeans und ein Arbeitshemd reichten sicher nicht. Sie fragte sich, warum er nicht etwas Wärmeres trug.

»Das ist Reacher, oder?«, fragte Kim. Ein Test für Duffy. Wie weit konnte man ihr vertrauen?

»Man sieht das Gesicht nicht«, antwortete Duffy.

Was nicht ganz zutraf, aber Kim nahm an, dass auch Duffy den Nutzen der glaubhaften Abstreitbarkeit kannte, und vielleicht war Duffys Antwort im Moment besser als eine Bestätigung.

»Warum war er dort?«, wollte Kim wissen.

»Ich kann keine Gedanken lesen«, sagte Duffy nun etwas gereizt.

Sie weiß also nicht warum. Und deswegen ist sie sauer. Interessant.

Reacher sah weniger wie ein Pechvogel aus als wie eine bedrohliche Gestalt, aber er konnte an seiner Reisekleidung wohl nichts ändern, auch wenn er sich Gedanken um sein Aussehen gemacht hätte, was wahrscheinlich nicht der Fall war.

Kim überlegte laut: »Warum ging er heute Nachmittag diese einsame Straße nach New Hope entlang? Er ist gestern schon hier gewesen. Wohin ist er gegangen und warum kam er zurück?«

Niemand antwortete. Vielleicht hatte Kim eines Tages die Gelegenheit, ihn zu fragen. Sie merkte, wie sich ihr bei dem Gedanken der Magen umdrehte, doch sie bekam das Gefühl unter Kontrolle, indem sie ihre Aufmerksamkeit wieder auf das Video lenkte.

Schwere Wolken drohten, die Landschaft noch vor Einbruch der Dunkelheit wieder mit einer Schneedecke zu überziehen. Vielleicht hatte er draußen geschlafen. Das hatte er schon oft gemacht, als er in der Army war. Aber vielleicht hatte er auch ein Zimmer in New Hope, auch wenn alles, was sie bisher über ihn wusste, daraufhin deutete, dass er nicht viel im Voraus plante.

»Da«, sagte Gaspar mit hochgezogener Augenbraue und deutete mit dem Kinn auf das Video. »Hast du gesehen?«

Hatte sie. Er hatte den Kopf gehoben. Seine Schritte stockten kurz.

»Er hat das Auto gehört, als es noch ziemlich weit hinter ihm war«, sagte Kim. »Gutes Gehör.«

»Jahrelanges Training und gute Reflexe. Und wahrscheinlich war es da draußen ganz still. Der Motor muss sich klein, schwach und fremd angehört haben. Man sieht ihm seine Gedanken förmlich an; er weiß, dass es schwierig werden würde, seine Eins-fünfundneunzig auf den Beifahrersitz zu quetschen.«

Oder er hat den Prius schon die ganze Zeit erwartet, weil Duffy ihm erzählt hat, was Jillian für ein Auto fuhr, dachte Kim. *Vielleicht war er deshalb überhaupt dort.*

»Mitfahrgelegenheiten gab es da ja nicht gerade im Überfluss«, sagte Gaspar. »Wahrscheinlich dachte er sich, dass vor der Dämmerung kaum noch etwas Passenderes vorbeikommt.«

Kurze Zeit später hatte Reacher sich zu dem näherkommenden Auto umgedreht und den rechten Daumen herausgestreckt, während er langsam rückwärts weiterging und wartete. Kim erinnerte sich allzu deutlich daran, wie der beißende Wind ihren Augen zugesetzt hatte. Das musste für ihn genauso gewesen sein und hatte ihm wohl auch die Tränen in die Augen getrieben.

Er musste durch einen wässrigen Schleier gesehen haben, wie das blaue Fahrzeug die Entfernung zwischen ihnen stetig verkleinerte, ohne jedoch langsamer zu werden. Eine Art optischer Täuschung hatte das Auto vielleicht kleiner erscheinen lassen, je näher es kam – was überhaupt keinen Sinn ergab, aber das hatte Kim auch schon erlebt.

Er zwinkerte, wahrscheinlich um deutlicher zu sehen. Er sah eine Frau am Steuer, allein in dem Prius. Blonde Haare. Nettes Gesicht. Wunderschöne Augen. Dunkler Pullover. Vielleicht Mitte dreißig. Kim war bei dem Anblick von Jillians Gesicht schockiert. Das Gesicht, das Kim gesehen hatte, nachdem Jillian von dem Fahrer des Pick-ups so brutal angegriffen worden war, hatte keinerlei Ähnlichkeit mit dem dieser Frau.

Jillian warf einen Blick auf Reacher, während sie vorbeifuhr, ohne die Geschwindigkeit zu verringern. Jetzt blinzelte er die Tränen aus den Augen und schloss die Lider einen kurzen Moment lang.

»Das wird ihn nicht überrascht haben«, sagte Kim. »Welche vernünftige Frau würde einen Mann mitnehmen, der so aussieht wie er?«

»Keine Frau sollte jemals *irgendeinen* Anhalter mitnehmen, Sunshine«, erwiderte Gaspar. »Nicht einmal du. Und da ist es egal, was für eine gute Scharfschützin du bist.«

Kim machte sich nicht die Mühe, seiner provozierenden Bemerkung etwas zu entgegnen, zumal sie im Prinzip seiner Meinung war. Aber wenn Jillian ihrer ersten Eingebung gefolgt und einfach weitergefahren wäre, wäre sie nun tot. Vielleicht hatte sie das gewusst. Vielleicht wusste sie, dass Gewalt ein Prozess ist, kein Ereignis.

Nachdem der Prius vorbeigefahren war, drehte sich Reacher wieder Richtung Westen um und trottete weiter, den Kopf erneut wegen des eisigen Windes gesenkt.

Keine fünf Minuten später musste er das unverwechselbare Geheul des mickrigen Motors gehört haben. Er schaute auf und sah dieselbe Fahrerin hinter dem Lenkrad. Vielleicht fragte er sich, warum sie ihre Meinung geändert hatte. Was dachte er? Vielleicht irgendeine fehlgeleitete Tat christlicher Nächstenliebe oder so etwas?

Das Auto fuhr wieder an ihm vorbei, wendete, kam zurück und hielt neben ihm an. Jillian ließ das Fenster auf der Beifahrerseite herunter und er beugte sich hinunter, um mit ihr zu reden. Dann musste er Brook auf einem Kindersitz angeschnallt auf der Beifahrerseite gesehen haben. Der Kopf des kleinen Brook reichte kaum bis zur Fensterkante.

»Was geht ihm jetzt durch den Kopf?«, fragte Kim wie im Selbstgespräch.

»Er denkt, dass sie entweder sehr mutig oder sehr dumm ist«, sagte Gaspar. »Was denkt sie?«

»Vielleicht dachte sie, der Junge sorgt für eine gewisse Sicherheit. Sie konnte kaum gewusst haben, ob er ihr oder dem Jungen etwas antun würde, oder? War sie dumm? Verrückt? Beides?«

Gaspar zuckte mit den Schultern. »Für ihn spielten ihre Motive keine Rolle. Das war das einzige Auto, das er in der letzten Stunde gesehen hatte, und ihm war kalt, er war müde und hungrig. Für ihn war in dem Moment nur wichtig, dass er irgendwohin kam, wo er übernachten konnte, um nicht draußen im Schnee schlafen zu müssen.«

Der Junge grinste. Die Augen schienen ihm fast zuzufallen. Etwas Speichel lief ihm aus dem lächelnden Mundwinkel. Er riss die blauen Augen auf, als Reacher sich vorbeugte, um den Kopf durchs Fenster zu stecken.

Der Junge sagte etwas. Reacher lächelte ihn an, versuchte wohl, etwas weniger bedrohlich zu wirken. Ohne Erfolg.

Jillian rief vom Fahrersitz etwas in den Wind, der durch das offene Fenster an ihm vorbei hineinwehte. Vielleicht fragte sie, wohin er wollte, oder vielleicht schlug sie auch nur vor, dass er einstieg. Das war in dem tonlosen Video nicht zu auszumachen.

Er sagte etwas. Zeigte auf die zwölf Meilen entfernte Stadt. Er wartete und sie sah ihn eine Zeit lang an, versuchte wohl, eine Entscheidung zu treffen. Vielleicht war er ein bisschen neugierig auf ihren nächsten Schritt. Hätte ein normaler Mann irgendeine vernünftige Wahl gehabt, hätte er sie vielleicht einfach weiterfahren lassen und ihr so lediglich eine Geschichte über einen schwergewichtigen, bedrohlichen Anhalter, dem sie auf dem Weg in die Stadt begegnet war, geliefert, die sie ihren Freundinnen erzählen konnte.

Aber er langte nach hinten und öffnete schnell die Beifahrertür, als machte er sich Sorgen, dass sie zur Vernunft kommen und wegfahren könnte. Er zwängte sich unbeholfen auf den Rücksitz; seine massige Gestalt machte es fast unmöglich, die Tür zu schließen.

Der Junge versuchte, sich zu ihm umzudrehen, aber der Gurt hielt ihn fest in dem behördlich zertifizierten und genehmigten Rückhaltesystem. Kim war froh, dass der Gurt funktionierte, denn eigentlich hätte der Junge auf dem Rücksitz sitzen müssen. Brook wühlte noch etwas herum, bis er aufgab und seine Fragen ohne Blickkontakt stellte.

Kim sah, dass die Lippen des Kindes sich bewegten, aber sie konnte die Worte nicht verstehen. »Was hat er gefragt, weißt du das?«

Gaspar grinste. »Er hat mir alles erzählt, jede Einzelheit. Er wollte wissen, ob Herr Riese eine Bohnenstange hatte, die sie hochklettern könnten. Aber es war ein kurzes Gespräch. Lange Fragen von dem kleinen Brook und knappe Antworten von dem Riesen.«

Jillian fuhr dem Jungen mit der Hand durch die Locken – eine Geste, so alt wie die Mutterschaft selbst. Vielleicht bat sie ihn, leise zu sein und mit seinem Spielzeug zu spielen. Das schien er zu tun und Kim sah keine Anzeichen von Unzufriedenheit, weder bei der Frau noch bei dem Jungen. Hatte Reacher angenommen, Jillian sei die Mutter von Brook? Eine logische, wenn auch falsche Annahme.

Jillian sah ihn über den Rückspiegel an und sagte etwas zu ihm. Was immer er auch geantwortet haben mochte, stellte sie offenbar zufrieden, denn sie wandte ihre Aufmerksamkeit wieder der Straße zu und fuhr los Richtung Westen.

»Was hat sie zu ihm gesagt?«, wollte Kim wissen.

»Weiß ich nicht«, sagte Duffy. »Vielleicht kann sie es uns erzählen, wenn wir die Gelegenheit bekommen, sie zu befragen.«

Reacher schloss die Augen und ließ das Kinn auf die Brust sinken.

Offensichtlich war er nicht zu einem Gespräch aufgelegt. Nach ein paar Verrenkungen sank er noch tiefer in die Rückbank.

»Schläft er?«, fragte Kim laut.

»Würde ich jedenfalls machen«, antwortete Gaspar.

Einundzwanzig Minuten später hatte das Auto an der Kreuzung Valley View und Grand Parkway angehalten und wartete auf das grüne Ampelsignal. Der Junge musste etwas fallengelassen haben; Jillian schien etwas auf dem Boden oder vielleicht auch zwischen den Sitzen zu suchen.

Die Ampel schaltete auf Grün und ließ den Verkehr Richtung Westen weiterfahren. Aber das kleine Auto setzte sich nicht sofort in Bewegung.

»Das muss der Zeitpunkt gewesen sein«, sagte Gaspar, »an dem Zeugen von dem ersten langen Hupsignal des F-150 Pickups direkt hinter ihrem Auto berichten. Ein zweites langes Hupen, dann kamen zwei kürzere Hupsignale, hat Brady gesagt.«

»Von hier an haben wir gelegentlich einen Ton«, sagte Duffy und drehte am Lautstärkeregler.

Auf dem Video hörte Jillian nun auf, nach dem Spielzeug zu suchen, und setzte sich abrupt auf. Sie legte den Gang ein. Kim sah, dass sich ihre Lippen bewegten. Vielleicht sagte sie: »Okay, okay, bleib locker. Wir fahren ja schon.« Oder so etwas in der Art.

Jillian lenkte den Wagen auf die Kreuzung, bog nach rechts ab und fuhr auf die äußerste rechte Spur, um dem wütenden Pick-up-Fahrer genügend Platz zum Überholen zu lassen. Kim hörte das Aufheulen seines Motors über die Geräusche der anderen Autos auf der Kreuzung hinweg. Jillians Prius schwankte in dem Sog des Pick-ups hin und her, als dieser vorbeiraste.

Und das hätte das Ende der Geschichte sein müssen. In einem zivilisierteren Zeitalter wäre es das gewesen. Aber nicht an diesem Tag. Ob Jillian es nun wusste oder nicht, Gewalt ist ein Prozess, kein Ereignis, und der Tag war noch nicht vorüber.

Stattdessen plapperte Jillian weiter nervös vor sich hin, doch was immer sie auch im Auto von sich gab, es war über die vorhandenen Überwachungsmikrofone nicht hörbar, und die Videoaufnahme hatte nicht den richtigen Winkel, um von den Lippen ablesen zu können.

Aber das Hupen, das verschwundene Spielzeug und Jillians Aufgeregtheit zusammen mit wahrscheinlich hundert anderen Dingen legten irgendeinen Schalter um und der Junge in seinem Kindersitz fing an zu schreien.

Jillian schaute herüber, vermutlich um das Kind zu trösten. In dem Bruchteil einer Sekunde, in dem sie abgelenkt war, sah sie nicht, dass der F-150 unvermittelt vor ihr stehenblieb, und so knallte der Prius mit voller Wucht in den Pick-up.

Ihr Mitfahrer hatte vom Rücksitz aus keine warnenden Vorzeichen erkennen können, um sich vorzubereiten. Der Aufprall warf ihn in einem Wirrwarr aus Stiefeln, Knien und Ellbogen auf den Boden. Möglich, dass er mit dem Kopf gegen den gepolsterten Vordersitz krachte.

Brook schrie noch lauter und Jillian geriet in Panik, kreischte jetzt, war wahrscheinlich nah an der Hysterie, was wiederum das Geschrei des Jungen anfeuerte. Der Lärm im Auto musste eine ohrenbetäubende Lautstärke erreicht haben.

Der Fahrer des Pick-ups stieg eilig aus dem F-150 und stellte sich neben den Prius. Er hielt sein Gewehr am Lauf, wie einen Schlagstock oder einen Baseballschläger.

Kim und Gaspar sahen, wie Reacher sich abkämpfte, um sich aus seiner qualvollen Position im Fußraum zu befreien. Als der Fahrer des Pick-ups Jillians Fenster einschlug, musste er das Geräusch von zerberstendem Glas gehört und das Eindringen des kalten Luftzuges gespürt haben.

Jillian schrie und der Junge kreischte weiter, während Reacher sich noch abmühte, vom Boden hochzukommen. Der wütende Tenor des Pick-up-Fahrers ertönte: »Was zum Henker machst du denn, du Schlampe?«

Dann öffnete der Pick-up-Fahrer Jillians Tür, zerrte sie heraus und schleuderte sie gegen das Auto.

Gaspar drückte auf die Pause-Taste und verschaffte ihnen einen Moment, um die Situation zu überdenken. Einen Moment, den Reacher nicht gehabt hatte.

KAPITEL 6

Bis Reacher die Situation erfasst hatte, war das Chaos schon komplett. Die Kühlerhaube des Prius war in das Heck des riesigen F-150 gekracht und wie ein Akkordeon zusammengeschoben worden. Der stämmige Fahrer war außer sich. Er hielt Jillian erbarmungslos am Arm fest und schüttelte sie, während er wütend Schimpfwörter brüllte, die Reacher, der noch auf dem Rücksitz verkeilt war, nicht verstehen konnte. Der Junge schrie nach wie vor hysterisch auf dem Vordersitz und die Hupe des kleinen Autos, die schon seit dem Aufprall pausenlos schrillte, plärrte weiter, als ob die Batterie ewig halten würde.

Der Fahrer des Pick-ups hob das Gewehr an und knallte den Kolben so heftig auf Jillians Schulter, dass sie auf den Bürgersteig fiel.

In Sekundenschnelle schoss Reacher vom Rücksitz aus dem Auto heraus und über die zerknautschte Motorhaube hinweg, und als der massige Kerl sein Gewehr wieder anhob, griff Reacher nach dem Kolben, stoppte den Schwung an der höchsten Stelle und brachte den schwergewichtigen Mann aus dem Gleichgewicht, sodass er sich auf dem linken Fuß drehte.

Die Überraschung brachte den massigen Kerl für einen Augenblick aus dem Konzept, aber mehr als einen Augenblick brauchte Reacher auch nicht. Kurz trafen sich ihre Blicke und die Augen des Pick-up-Fahrers traten hervor, als würde er von einer um den Bauch gewickelten Bullenpeitsche zusammengedrückt.

Da beging der massige Fahrer seinen letzten, ausschlaggebenden Fehler. Er sah Reacher direkt ins Gesicht und zischte ihm eine Drohung zu, die Reacher überhaupt nicht zu beeindrucken schien.

Reacher verpasste ihm unvermittelt einen Kopfstoß mitten ins Gesicht. Das Gewicht hatte er nach hinten verlagert, dann war er nach vorne geschnellt und hatte den Kopf in die Nase des Kerls gerammt, als würde er ihm eine Bowlingkugel ins Gesicht schleudern.

Die Beine des Mannes gaben nach und er schlug auf dem Boden auf wie eine Marionette, der man die Fäden durchgeschnitten hatte.

Sein Kopf knallte auf die abgebrochene Betonkante des Bürgersteigs.

Als der Pick-up-Fahrer zu Boden ging und dort liegenblieb, wandte sich Reacher schnell zu Jillian um. Er half ihr hoch, setzte sie in den Prius und kniete sich nieder, um mit ihr zu reden. Dabei beobachtete er ihr Gesicht aufmerksam und bemerkte vielleicht die nicht reagierenden Pupillen, die Kim einige Stunden später sah. Sie wechselten ein paar Worte, die das Mikrofon nicht einfing, aber es wirkte wie eine kurze, leise Meinungsverschiedenheit.

Jillian deutete auf die vorbeifahrenden Fahrzeuge. Ein paar Autos hatten ihre Fahrt verlangsamt, manche hatten angehalten. Ein Mann hielt ein Handy ans Ohr. Eine Frau in Krankenschwestertracht kam heran, um zu helfen. Jillian schaute noch einmal zu Reacher. Sie tauschten einen langen Blick aus und es schien, als verständigten sie sich wortlos.

Weitere Autos wurden langsamer, hielten an, und helfende Menschen kamen hinzu. Reacher stand auf, wandte sich ab und ging am Straßenrand des Grand Boulevard Richtung Norden. Auf den letzten Bildern des Videos war er nur noch körnig, undeutlich zu sehen. Vielleicht Aufnahmen einer anderen Drohne, vielleicht hatte Duffy auch den Ton herausgeschnitten.

Reacher schien ein Handy ans Ohr zu halten. Dann ließ er es auf den Boden fallen und zermalmte es mit dem Absatz seines Stiefels, bevor er sich umdrehte, den Daumen herausstreckte und auf eine Mitfahrgelegenheit wartete.

Das Video war zu Ende. Es herrschte Schweigen, während die drei Agenten das Geschehene überdachten.

»Ich gehe auf die Toilette«, sagte Duffy. »Bin gleich wieder da.« Sie nahm die Videokamera und stand vom Tisch auf.

»Ich muss Maria anrufen«, sagte Gaspar. Er stand ebenfalls auf und Kim hörte noch: »Alexandre? Wie geht es ihr?«, bevor er auf der Suche nach besserem Empfang zur Tür des New Hope Family Diner hinausging.

KAPITEL 7

Kim blieb sitzen und versuchte, das Puzzle zusammenzusetzen. Duffys Video hatte ihr Bild von Reacher durcheinandergebracht, ihre Arbeitshypothese zerstört.

Einige Dinge, über die sie vor wenigen Stunden noch gerätselt hatten, waren nun klar. Duffy hatte Reacher vor drei Tagen einen Gefallen erwiesen, als sie Otto und Gaspar davor gewarnt hatte, weiter nach Reachers Unterlagen zu suchen. Reacher war wahrscheinlich nach New Hope gekommen, um diesen Gefallen zu erwidern.

Er war irgendwie zu dem Schluss gekommen, dass Jillian Timmer und Brook Armstrong sich hier versteckten. Reacher hatte eine Verbindung zwischen Jillian und New Hope entdeckt, auch wenn Duffy bisher nicht wusste, worin diese Verbindung bestand. Vielleicht würden sie oder Kim es herausfinden, aber es spielte eigentlich keine Rolle mehr, nun da die Entführung beendet und Reacher offensichtlich weitergezogen war.

Vielleicht hatte Reacher geplant, den Fahrer des Pick-ups zu töten, vielleicht aber auch nicht. Beides wäre für Reacher sicher in Ordnung gewesen.

Der verwirrende Punkt waren seine Beweggründe. War es möglich, dass er einfach nur Jillian aus den Fängen dieses Mannes befreien und Duffy dabei helfen wollte, Brook zu seiner Familie zurückzubringen?

Gaspar kam zum Tisch zurück und lächelte sogar ein wenig, wie Kim fand. »Geht's Maria besser?«

»Sie hat noch einiges vor sich, aber Gott sei Dank sind Alexandre und Denise da. Sie bleiben bei ihr und helfen ihr mit den Kindern, bis ich zurückkommen kann. Ich erzähl's dir später. Wo ist Duffy?«

Kim schaute auf den Parkplatz hinaus und bemerkte, dass der schwarze Geländewagen mit den verdunkelten Scheiben und dem Nummernschild der Regierung fort war.

REACHER-REPORT

von Lee Child
2. März 2012

… Die andere große Neuigkeit ist, dass Diane Capri, eine Freundin von mir, ein Buch geschrieben hat, das die Ereignisse aus *Größenwahn* in Margrave, Georgia aufgreift. Sie stellt ein FBI-Team vor, das herausfinden soll, wo sich Reacher heute aufhält. Diese beiden Agenten befragen zunächst Leute, die ihn kannten – angefangen mit Roscoe und Finlay. Werfen Sie mal einen Blick auf diese Rezension:

»Oh, Mann, ja! Ich liebe dieses Buch. Ich bin ein Riesenfan von Reacher. Wenn Sie nicht wissen, wer Jack ist (Wortspiel beabsichtigt!), dann begeben Sie sich in den Buchladen – oder wo immer Sie Ihren Stoff kaufen – und holen Sie sich eines der vielen Jack-Reacher-Bücher von Lee Child. Ach was, holen Sie sich alle. Lesen Sie vor allem *Größenwahn*. Dann kommen Sie zurück und lesen *Wer ist Jack?*. Dieses Buch greift die Geschichte aus der Perspektive von Kim und Gaspar auf – FBI-Agenten, die ein Dossier über Jack Reacher erstellen sollen. Das Problem ist – und das kann jeder, der weiß, wer Reacher ist, bestätigen –, dass er vollkommen unsichtbar lebt. Kein Handy, kein Haus, kein Auto … Er ist ungebunden. Eine ziemlich beängstigende Aufgabe, finden Sie nicht?

Die ersten Zeilen: ›Fakten. Und zwar nicht besonders viele. Das Dossier über Jack Reacher war zu fade und zu dünn, um glaubwürdig zu sein. Kein Mensch konnte so unsichtbar sein, wie Reacher es zu sein schien, egal ob er nun gerade auf- oder abgetaucht war. Entweder die Unterlagen waren gesäubert worden oder Reacher war der unabhängigste Paranoiker, von dem Kim Otto je gehört hatte.‹ Sofort habe ich ein Gefühl dafür, wer Kim Otto ist, und ich bin erfreut, dass ich etwas weiß, was sie nicht weiß. Denn sehen Sie, *ich weiß,* wer Jack ist. Und *ich weiß,* dass er nicht paranoid ist. Nicht wirklich jedenfalls. Ich weiß, warum er so lebt, wie er lebt, und ich weiß, was für eine Art Mann er ist. Es war toll, Kim und Gaspar dies vorauszuhaben. Wenn Sie keinen Reacher-Roman gelesen haben, dann wird dieses Buch für Sie eine gute, solide eigenständige Story sein. Wenn Sie jedoch wissen, wer Jack ist … ja, dann werden Sie auch das Gefühl haben, dem FBI überlegen zu sein. Das ist ein tolles Gefühl!

Kim und Gaspar werden von einem geheimnisvollen Boss nach Margrave geschickt, der mich an Charlie aus *Drei Engel für Charlie* erinnert. Man sieht ihn nie, man hört ihn nur. Er verrät ihnen nie alle Fakten. Also stehen sie da mit einem riesigen Haufen Nichts. Sie werden in einen Mordfall verwickelt, der irgendwie mit Reacher zu tun hat, aber sie wissen nicht wie. Es reicht wohl der Hinweis, dass die Bemühungen, den Mörder – und Reacher – zu finden und dabei nicht selbst Kopf und Kragen zu verlieren, eine unterhaltsame Lektüre abgeben.

Mir gefällt es, wie die Autorin die ganze Story in Angriff genommen hat. Das Tempo ist tödlich (ok, noch ein beabsichtigtes Wortspiel), die Handlung voller überraschender Wendungen, wie es auch ein Reacher-Roman wäre, nur dass es eine ganz andere Sicht auf eine Reacher-Story ist. Es ist eine Annäherung an Reacher von außen nach innen.

Vielleicht fragen Sie sich: Finden sie ihn? Lernen sie den berühmt-berüchtigten Jack Reacher letzten Endes kennen?

Los … lesen Sie … finden Sie es heraus … jetzt!«

Klingt toll, oder? Es ist bereits erschienen. Überzeugen Sie sich selbst und lassen Sie mich wissen, was Sie davon halten.

Das wär's für dieses Mal. Danke noch einmal, dass Sie *The Affair* gelesen haben, und ich hoffe, Ihnen wird *A Wanted Man* im September ebenso gefallen.

Lee Child

Weitere Bücher von
Diane Capri

Aus der Reihe

THE HUNT FOR JUSTICE

Thriller mit Judge Willa Carson

Due Justice
Twisted Justice
Secret Justice
Wasted Justice

Thriller mit Jennifer Lane

Raw Justice
Mistaken Justice

Thriller mit Jessica Kimball

Fatal Distraction
Fatal Enemy
Flight 12

Besuchen Sie unsere Website für mehr Informationen:
dianecapri.com/books/